아작

궁상맞고, 어이없고, 기괴한

아작

정영아 단편소설

좋은땅

목차

흑석동 생존자

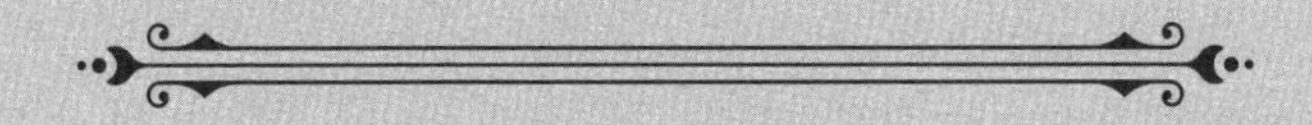

그들은 살아남았다.

- 1 -

수많은 차량과 사람들로 북적이는 교차로엔 151번, 452번 버스 회차 종점이 있고 그 건너편에는 중대병원이 큼지막하게 위엄을 뽐내고 있다. 도로가에는 보기 좋게 신호기가 설치되어 있지만 본래 기능을 잊은 채 점멸등만 깜빡거린다. 잠시 신호 체계가 정상 작동이 됐던 적도 물론 있었다. 놀랍게도 같은 시기에 동네 사람들은 살아생전 겪어 보지 못했던 교통지옥이라는 대혼란을 겪어야 했다. 흑석동 중심으로 진입하는 교차로마다 늘 많은 차들이 꽉 막고 있었고 사람들은 곡예를 하듯 위태롭게 차량들 사이를 비집고 다녔다. 참다못한 주민들의 불만은 극에 달해서 구청이건 시청이건 상관하지 않고 항의 전화를 해댔다. 그 결과 문제의 신호등은 무용지물 조형물로 전락해 버렸다. 지금도 이 구간만큼은 운전자든 보행자든 눈치껏 치고 빠지는 모습을 쉽게 볼 수 있는데 그 덕분인지 교차로 소통은 원활하게 잘 유지되고 있다. 하지만 이 동네를 처음 방문한 운전자들은 역할을 제대로 하지 않는 신호등만 보다가 뒤차의 경적 소리에 움찔하고도 정작 가야 할지 말아야 할지 몰라서 당황하기 일쑤다. 당연히 보행자들도 예외가 아니다. 보행자들은 횡단보도 앞에 서서 녹색 신호를 기다리지만 아무리 기다려도 녹색 신호가 들어오지 않는다는 사실을 깨닫는다. 그러다 막 그들 곁으로 다가섰다가 재빨리 좌우를 살피며 거침없이 횡단보도로 발을 내딛는 무용지물 신호등 경험자들을 목격하고 서둘러 경험자 뒤를 따라서 아슬아슬하게 길을 건넌다. 길을 다 건넌 보행자의 시선은 어김없이 쓸모없는 문제의 신호등에 가서 꽂힌다. 그들은 생각한다. 이곳은 이방인들에게 대놓고 텃세를 부리는 불친절한 동네라고.

중대병원 바로 앞 횡단보도 중간에 자리한 안전지대에는 생뚱맞은 비석이 서 있고 그 비석에는 [수변도시 흑석동]이라는 글씨가 새겨져 있다. 검은 돌이 많아서 붙여진 성의 없는 이름의 흑석동은 몇 년 사이 도시 정비 특혜를 정통으로 맞고 준 강남으로 급부상한 동네이기도 하다. 전통적으로 서울의 달동네였던 흑석동이 뉴타운 사업 진행으로 새롭게 환골탈태하는 중이다. 그

바람에 가뜩이나 작은 동네는 흑석 뉴타운 재개발 1구역, 2구역, 3구역…… 11구역으로 쪼개고 쪼갠 퍼즐처럼 구획이 나뉘었고, 수직으로 급상승한 집값은 원주민을 몰아내고 타 주민을 끌어 모으기 시작했다. 자기 집을 소유하던 집주인들은 원래 집값에 10억 이상의 프리미엄이 더해진 새 아파트로의 입주를 기다리며 상도동, 사당동 혹은 좀 더 먼 경기권으로 셋방살이를 떠났다. 세 살이 중인 세입자들은 임대 아파트라도 당첨되길 기대하며 존버 정신을 불사른다. 재력의 크기는 다르지만 흑석동에 살아남고 싶은 그들의 간절함은 결코 다르지 않다.

지하철 9호선 골드 라인이 지나는 흑석동은 앞으로는 서울의 젖줄 한강이 유유자적 흐르고, 뒤로는 순국선열과 호국영령이 잠들어 있는 국립현충원이 이어진 야트막한 서달산(달마산)에 둘러 쌓여있다. 그 모습이 꼭 엄마의 자궁을 닮아 있는 동네다. 여기. 흑석동에 여자와 나이 든 여자가 산다.

어스름한 저녁. 사람들 속에 섞여 걷던 여자가 버스 정류장 근처에 있는 오래된 노점 가판대 부스로 다가간다. 여자가 만 원짜리 지폐 한 장과 이천 원에 당첨된 즉석복권 한 장을 투명 아크릴 구멍 사이로 밀어 넣으며 말한다.

"스피또 이천 원 짜리 네 장하고 나머지는 로또 자동으로 주세요."

건네받은 즉석복권 한 장을 확인한 아저씨가 복권을 흔들어 보이며 여자에게 다시 확인한다.

"합이 네 개요?"

대답 대신 고개를 끄덕인 여자 머리 위로 '복권명당! 로또 1등 당첨 판매소'라고 쓰여진 작은 깃발이 명예롭게 펄럭거린다. 아저씨가 여자의 주문을 준비하는 동안 여자의 시선은 의미 없이 노점가판대에 꽂혀 있는 타블로이드로 향한다. 핸드폰 하나면 끝나는 요즘 세상에색 바랜 타블로이드를 보는 사람이 있을까 하고 여자가 생각한다. 타블로이드 전면에는 보는 것만으로도 보는 사람 뒷목을 잡게 만드는 요즘 가장 핫한 정치인과 불륜 구설에 휘말린 유명 연예인이 지면을 사이좋게 반반씩 차지하고 있다. 그때였다. 여자가 주문한 즉석복권과 로또를 아크릴 구멍으로 밀어 내놓던 아저씨가 연금복권을 가리키며 영업용 멘트를 흘린다.

"여기 내일 발표하는 연금복권도 있는데!"

어쩌면 이번은 여자 차례일지도 모른다는 표정으로 여자를 유혹하는 아저씨의 말이 잠시 여자의 발길을 잡아 두는 데 성공한다. 망설이던 여자가 작은 소리로 대답한다.

"지금은 현금 가진 게 없어요. 수고하세요."

여자의 말이 채 끝나기도 전에 그럼 더 이상 볼 일 없다는 듯 여자한테서 시선을 거둔 아저씨가 무뚝뚝하게 자기 할 일을 시작한다. 여자도 즉석복권과 로또를 야무지게 반으로 접어 주머니 깊숙이 찔러 넣고 돌아선다. 여자가 다시 사람들이 사는 평범한 일상 속으로 섞여 들어간다. 여자네 집까지는 꽤 거리가 있지만 여자는 자신에게 주어진 유일한 산책 시간을 기꺼이 누릴 생각이다. 흑석 빗물펌프장을 지나친 여자가 막 길모퉁이를 돌자 신발도 신지 않은 맨발의 위안부 소녀상과 마주친다. 그 모습이 불편한 여자는 땅만 바라보고 걸으며 흑석역 3번 출구를 지난다. 서둘러 걷지도 않았지만 그렇다고 게으름을 피우지도 않으며 걷던 여자를 잡아 세운 건 뉴지엄(newseum) 앞 횡단보도 신호였다. 걸음을 멈춘 여자 눈에 자연스럽게 C신문사 사주의 왕국이 들어온다. 언제쯤이었는지 정확하게 기억이 나진 않지만 어느 틈엔가 사주왕국 입구에 적벽돌로 지어진 낯선 건물이 들어서 있었다. 새로 건립된 그 박물관 덕분에 C사주의 왕국은 좀 더 안전하게 세상과 사람들 눈 뒤로 숨은 듯했다. 어마어마한 대지에 들어서 있는 왕국의 본체 건물은 외부에서는 절대 볼 수 없고 보안 역시 철저하다. 왕국은 여자가 어렸을 때부터 그 자리에 있었는데 그때는 지금과 달리 정문에 검문소 같은 경비 초소가 있었다. 이따금씩 검은 세단들이 드나들었고, 정복을 입은 보안 요원들이 나와서 일일이 방문객을 확인하고서야 거대한 출입문이 열렸다. 가난한 흑석동에서 유일하게 부유한 전혀 다른 세상이었다. 신분 확인을 마친 세단은 정문을 통과해서 오르막길을 올랐고 이내 어린 여자의 시야에서 사라져 갔다. 짧은 회상을 마친 여자가 당연한 결론을 내린다. C사주는 지금도 흑석동에서 가장 큰 부자라고. 그러다 문득 자신이 신문사를 운영하는 부모 밑에서 태어났더라면 어땠을까 하는 생각이 든다. 도대체 언제부터 저렇게 부자였을까도 궁금해진다. 여자는 사주의 왕국이 부러웠지만 자신이 아무리 부러워한다고 해도 달라질 건 없다는 사실에 오지게 현타가 오고. 갑자기 여자의 배가 아파 온다. 여자가 다시 생각한다. 모르긴 몰라도 저 거대한 재력 이면엔 반드시 뭔가 석연찮은 진실이 존재한다고. 떳떳하지 못한 무언가가 필연적으로 있을 거라고 자신에게 합리화시킨다. 여자가 무거운 시선을 거두자 땅을 디디고 있던 여자 다리에서 기운이 빠져나가기 시작한다. 현실로 돌아오기 위해 여자가 제자리걸음을 해 본다. 때마침 횡단보도 보행 신호가 바뀌고 여자가 다시 걷는다. 잠시 도로가를 걷던 여자가 도로 오른 쪽으로 방향을 틀자 이번엔 비좁은 골목길이 여자를 반긴다. 여자는 자신의 모습을 거울에 비추고 있는 것처럼 착잡해진다. 흑석동 재개발 11구역에 여자가 서 있다. 여자는 머지않아 흑석동에서 사라질 수많은 골목길들 중에 하나를 바라보며 가슴이 아리다. 골목길에는 청천벽력 같은 시한부 선고를 받은 노후 건물들이 한 날 한 시에 죽게 될 자신들 운명을 애도하며 낡은 어깨를 서로 의지한 채 붙어 있다. 골목 입구에는 도시 재정비를 알리는 문구가 써진 플래카드가 사찰의 일주문처럼 그곳이 재개발 출입구임을 알린다. 그 플래카드는 아무 잘못도 없이 골목 입구에 서 있는 전봇대에 단단히 고정되어 있다. 이곳을 드나드는 사람이라면 그게 누구든 [도시 재정비 11구역]이라는 경고를 못 보고 지나칠 수 없게 하려는 의도를 품고서. 기껏 동네 전봇대를 포로 삼아 본보기를 보이는 비열하기 그지없는 재개발이다. 전봇대 같이 험한 꼴을 당하지 않으려면 더 이상 쓸모없어진 건물과 주민들은 알아서 처신하라는 최후통첩이었다. 순간 여자는 전봇대를 밧줄로부터 해방시켜 줘야 하는 거 아닌가 하는 생각이 들었지만 그러기에는 자신의 고갈된 체력이 느껴져서 포기하기로 한다. 플래카드를 머리에 인 여자가 재개발 지정 구역으로 입장한다. 잠시 골목길을 걷던 여자 앞에 급경사 언덕이 나타나면 여자가 헛기침을 한다. 여자의 집이 가까워지고 있다. 점점 큰 소리로 헛기침하던 여자의 마른 몸이 흔들린다. 마음먹는 것만으로는 다짐하는 것만으로는 자신의 기분을 바꿀 수 없다는 걸 여자는 알고 있다. 1년 전 어느 날 여자는 우연히 헛기침을 했고 거짓말처럼 기분이 새롭게 세팅되는 경험을 한 적이 있다. 여자는 그날 이후로 필요에 따라 헛기침을 하며 자신에게 시그널을 보냈고, 그 방법으로 스스로를 각성시켜 왔다. 이제 헛기침은 여자에게 없어서는 안 될 각성 루틴이다. [흐음. 흐음.] 여자가 뇌에 신호를 보낸다. 초 긍정 모드 효녀로 변신하는 스위치가 켜진다. 가면을 쓴다.

나이 든 여자는 거실 소파에 비스듬하게 누워서 텔레

비전을 보고 있다. 반쯤 감긴 눈으로 리모컨을 조작하던 나이 든 여자의 손이 멈춘다. 화면에는 꽤 중량이 나가는 순금 목걸이를 목에 건 쇼 호스트의 목 언저리가 클로즈업 되어 있다. 어느 새 소파 끄트머리에 걸터앉아 목걸이에 집중하던 나이 든 여자가 조건 반사처럼 자신의 목에 걸려 있는 빈약한 14K 목걸이를 만지작거리며 중얼거린다.

"사람이 살았다고 해서 진짜 살아 있다고 볼 수 있나? 조금이라도 멀쩡할 때 사고 싶은 거 사고. 먹고 싶은 거 먹고. 가고 싶은 데는 가야 그게 사람 사는 거지. 하나 사 달랠까……."

나이 든 여자의 말이 끝나자 현관문을 열고 나이 든 여자의 하나뿐인 딸이 환한 표정으로 들어선다.

"엄마. 나 왔어."

나이 든 여자의 눈빛이 순금 목걸이마냥 반짝거린다.

- 2 -

파리한 모습의 여자가 자기 몸보다 큰 상복을 입고 상주 자리에 앉아 있다. 때마침 조문객 두 명이 나란히 들어서면 여자가 자리에서 일어나 조문객을 맞는다. 고인에게 조의를 마친 조문객은 이번엔 여자를 향해 예의를 갖추고, 여자와 조문객이 동시에 절을 한다. 절을 하고 일어서던 여자가 휘청하며 또 비틀거린다. 조문객들은 부실한 상주를 안타까워하며 장례식장 다음 코스인 식당으로 향한다. 여자를 지켜보던 사촌 동생이 얼른 여자 곁으로 다가와 여자를 부축해 자리에 앉힌다. 사촌 동생은 꼬박 하루하고 반나절을 물 한 통으로 버티고 있는 언니의 깊은 슬픔에 울컥해하면서 가녀린 여자의 어깨를 토닥인다.

"언닌 괜찮아. 이모. 이모 좀 챙겨 줄래?"

여자의 말을 들은 사촌 동생이 이모가 있는 곳을 쳐다보면 여자도 따라서 고개를 돌린다. 두 사람의 시선이

향한 식당 구석 자리에는 나이 든 여자가 여자 형제들 틈에 섞여서 위로 받고 있었다. 나이 든 여자는 눈물을 훔치기도 하고 또 아주 잠깐씩 옅은 미소를 짓기도 한다.

여자가 생각한다.

'나보다는 엄마가…… 남편을 잃은 엄마가 더 힘들고 슬퍼.'

그때였다. 누군가가 여자한테 말을 걸어왔다. 놀란 여자가 주위를 살피며 두리번거렸지만 곁에는 그녀를 걱정하는 사촌 동생이 있을 뿐이다. 여자는 생각한다. 먹지도 못하고 잠도 못 자서 들리는 이명인 거라고. 하지만 그러기엔 그 목소리가 너무 또렷하게 들려왔다.

"죽은 영혼은 3시간 동안 마지막 장소를 떠나지 못한단다. 3시간이 지나고 나서야 비로소 자유로워질 수 있지. 하지만 그때부터는 조심해야 돼. 죽기 직전까지 망자가 바랐던 소원들이 왜곡되기도 하고 또 아주 가끔씩

현실에서 이루어지기도 하거든."

슬픈 표정의 여자가 속으로 말한다.

'아빠. 아빠 소원은 뭐였어?'

그리고 1년 1개월 뒤. 상복을 입은 여자가 또 한 번 서럽게 운다. 바람만 불어도 바스라질 것만 같은 여자의 모습이 위태로워 보인다. 두 번째 상복을 입고 두 번째 상주가 된 여자는 모녀에게 남은 유일한 가족이자 보호자였던 오빠의 마지막 길을 배웅하는 중이다.

여자는 5년 전 신용 불량인 오빠를 대신해서 오빠가 운영하는 회사의 바지 사장 자리에 앉았다. 내키지 않았지만 유난히 사이가 좋았던 오빠의 부탁을 거절하지 못하고 이미 파산의 길에 접어든 회사의 대표가 되었다. 그 즈음 줄기세포를 연구하는 K기업은 전환 사채(CB)를 발행하며 투자 유치에 나섰고, 그 회사의 CFO와 아는 사이였던 여자의 오빠가 그녀가 대표로 앉은 회사 앞으로 삼십억 원의 CB를 할당받았다는 사실을 알게 되었다. 걱정하는 여자에게 여자의 오빠가 말했다. 다른 투자자들에게 보여 주기 위한 단순한 쇼잉일 뿐이라고. K기업 CFO와는 상호 협의된 눈속임이라는 말로 여자를 안심시켰다. 하지만 얼마 지나지 않아 여자의 오빠 말과는 다르게 상황이 급변했다. K기업 CFO는 자신의 난처한 입장을 내세워 할당 받은 CB를 현금화해서 돌려달라며 여자의 오빠를 닦달했다. 빚쟁이 취급을 했다. CFO에게 시달리던 여자의 오빠는 결국 해서는 안 되는 판단을 내렸다. 인맥을 동원해서 제2 금융권에 십 억짜리 세 장으로 된 CB를 담보로 맡기고 현금을 손에 쥐었다. 부하 직원들은 진짜 대표에 의해 CB가 현금화되는 전무후무한 순간을 목격했다. 여자의 오빠는 선이자를 떼고 받은 이십육억 중 십억 원을 K기업에 넘겼다. 현금이 입금되자 K기업 CFO는 잠시 닦달을 멈췄다. 그 시기에 여자의 오빠 곁에는 이미 이철희라는 사기꾼이 거머리처럼 달라붙어 있었다. 여자의 오빠는 이철희의 말대로 남은 돈의 일부는 회사에 급한 부채를 갚았고, 또 그가 추천한 회사에 투자를 하거나, 거액의 투자를 받기 위해서 회사 자본금을 오억 원으로 늘리는 데 썼다. 거액의 투자는 바로 이철희의 양아버지로부터 받을 거였고, 여자의 오빠는 보란 듯이 자신의 회사를 회생시킬 생각이었다. 지금과는 비교도 안 되는 튼실한 회사를 꿈꾸었다. 하지만 시간이 갈수록 여자의 오빠 곁에는 바퀴벌레 같은 사기꾼들만 모여들었다. 자꾸만 실현 불가능한 사업구상에 현혹되었다. 여자는 그런 오빠가 불안했지만 신경 쓸 겨를이 없었다. 여자의 아빠는 일주일에 세 번 혈액 투석을 받았고 항암 치료를 위해 수시로 병원을 드나들었기 때문이다. 그러는 사이 CB 잔금을 기다리던 K기업에서 계약 주체였던 여자의 오빠를 고소하고 말았다. 몇 달 뒤 여자의 오빠는 늦은 저녁에 구속영장 실질심사 출석 통보를 받고 후배 변호사들을 찾아 조언을 구했지만 출석하면 곧바로 구속될 확률이 높다는 대답이 돌아왔다. 이철희도 여자의 오빠에게 곧 현금으로 해결할 수 있으니 잠시만 숨어 지내라고 말했다. 또 틀렸다. 여자의 오빠는 구속을 피해 쫓기는 신세를 자처했다. 한 번 어긋나 버린 판단은 이제 막을 수 없는 거대한 물살이 되어 언제고 여자의 오빠를 쓸어버릴 준비를 하고 있었다. 여자는 오빠를 대신해서 급성다발성골수종으로 쓰러져 시한부 판정을 받은 아빠를 챙겨야 했고, 이제는 기소중지자 신분이 되어 숨어 지내는 오빠 뒷바라지까지 도맡았다. 상황에 쫓긴 여자의 오빠는 미친 듯이 다른 차선책을 찾기 위해 발악을 했다. 그 발악의 일환으로 얼마 뒤 여자는 바퀴벌레 일당들과 함께 스위스 행 비행기에 탑승했다. 은신해 있는 오빠를 대신해 출장길에 오르면서 눈물을 삼켰다. 언제 임종할지 모를 아빠를 두고서, 어쩌면 아빠의 마지막을 볼 수 없을지도 모른다는 불안감이 여자를 뒤흔들었다. 허황된 망상에 사로잡힌 오빠의 부탁을 거절하지 못한 자신을 책망했다. 마침내 여자는 독일을 경유하는 긴 비행을 마치고 스위스에 도착했다. 취리히 공항에는 나이가 지긋한 남자 두 명이 여자 일행을 마중 나와 있었다. 여자의 아빠와 나이가 같은 남자는 자신을 장원만이라고 소개하며 여자 손을 잡았다. 자기 어머니가 대통령의 숨겨진 세 번째 부인인 이순희 씨이며 그녀는 한국주단의 주인이라고도 했다. 여자는 회장의 성이 왜 박 씨가 아니라 장 씨인 건지 물었고 여자의 일행은 일을 그르치지 말라며 여자를 단속하기 바빴다. 장원만 회장과 동행한 다른 한 명은 원유 관련 사업을 하는 MC.김이라고 했다. MC.김은 보름 전에 한국은행 전 은행장이 장원만 회장과 자신을 만나고 돌아갔다며 여자에게 그와 같이 찍은 사진을 자랑스럽게 보여 주었다. 여자는 그 사람이 한국은행 은행장이었는지 아닌지 확인할 방법이 없었다. 어쨌든 여자가 막 도착한 취리히 HBC은행에는 죽은 전직 대통령의 어마어마한 비자금 계좌가 있고, 어쨌든 성이 다른 그의 아들 장원만 회장이 아버지의 비자금을 찾기 위해 그곳에 머물고 있었다. 여자와 일행들은 장원만 회장과 합류해서 이탈리아에서 온다는 국제 변호사를 기다렸다. 여자의 오빠 말대로라면 곧 상상도할 수 없는 돈이 풀리고, 장원만 회장은 감사의 뜻으로 양아들과 자신을 도와준 여자의 오빠에게 거액의 투자금을 유치할 거였다. 기소 중지쯤은 문제도 아니었다. 여자의 오빠는 그 계좌를 여는 데 필요한 마무리 자금 1억까지 추가로 송금했다. 서울에서 자신을 대신한 동생이 일을 잘 마무리 짓고 금의환향하기만을 눈이 빠지게 기다리고 있었다. 설사 이 모든 게 영화 속 이야기라고 해도 더 이상 이런 진부한 스토리가 사람들한테 먹힐 리 없었지만 여자의 오빠는 믿고 싶어 했고 눈으로 직접 확인하고 싶어 했다. 하지만 한 달이 다되도록 기다리던 국제 변호사는 말 같지도 않은 핑계로 나타나지 않았다. 장 회장은 여자 일행을 데리고 쓸데없이 돌아다니기만 했는데 주로 자기가 가 보고 싶었던 곳이나 먹고 싶은 음식이 있는 비싼 식당을 찾아다녔다. 어쩌다가 한 번씩은 실제로 HBC은행 로비에서 마린이란 여자를 같이 기다리기도 했지만 마린을 만난 적은 없었다. 불길했던 여자의 예감은 틀리지 않았다. 장원만 회장은 어마어마한 비자금을 찾기 위해 노력하는 사람도, 전직 대통령의 아들도 아니었다. 그저 돈이 필요한 늙고 교활한 사기꾼에 불과했다. 그즈음 금방이라도 운명을 달리한다던 여자의 아빠가 기력을 되찾았다는 소식이 서울에서 들려왔다. 여자의 아빠가 휠체어에 앉아서 웃고 있는 사진이 날아왔다.

황당한 사기를 당한 뒤에도 여자의 오빠는 멈추지 않았다. 멈추기에는 이미 너무 늦어 버렸다는 사실을 스스로가 더 잘 알고 있었다. 여자의 오빠는 낭떠러지를 향해서 전력으로 질주했다. 이번에는 경상도에 있는 지방 면세점 인수 계약을 진행하면서 자금도 없이 덜컥 면세점을 인수해 버렸다. 여자의 동의도 없이 여자의 인감은 각종 계약서에 찍혀졌다. 통상적으로 면세점 운영은 자격을 갖추어야 하지만 자금난에 허덕이던 영세 지방 면세점은 불법 이면 계약으로라도 면세점을 지키려 했다. 면세점 인수 계약서는 누가 봐도 허술하고 불합리하게 작성되었지만 여자의 오빠는 막무가내였다. 서둘러서 외부 투자를 받는 데 혈안이 되었고 상당 금액은 투자 유치에 성공하기도 했다. 하지만 약속대로 자금이 원활하게 집행되지 않자 면세점에서는 노골적으로 불만을 표시해 왔다. 급기야는 운영비 지급에 문제가 있으므로 더 이상 계약을 유지하기 힘들다는 공문을 여자 앞으로 발송했다. 여자는 아빠의 간병과 오빠의 뒷바라지를 하느라 면세점 진행 건에 대해서 정확하게 알지 못했다. 문제가 터지고 나서야 확인해 보니 기소 중지 중이던 여자의 오빠를 대신해서 업무를 보던 이장훈 이사가 계획적으로 이중 회계를 꾸며 자기 주머니를 채워왔다는 사실이 드러났다. 여자의 오빠는 바보 같이 자신에게 회장님, 우리 회장님 하며 충복임을 자처하던 이장훈 이사를 믿고 자신이 기소중지자란 비밀을 털어놓았다. 여자의 오빠는 자기가 한 말이 빌미가 되어 충성스러운 충복으로부터 배신당했다. 여자의 오빠는 뒤늦게 상황을 바로 잡으려고 했지만 쉽지 않았다. 눈치 빠른 이장훈 이사는 자신의 횡령이 공론화되기 전에 경찰서에 제보 전화를 걸었다. 여자의 오빠는 충복이 만들어 놓은 미팅에 참석했다가 꼼짝없이 현장에서 체포되었다. 이장훈 이사는 자기 회장님이 체포되는 모습을 숨어서 지켜보았다. 그리고 아무것도 모르는 바지사장 앞으로 말도 되지 않는 서류들을 위조해서 공증으로 보내 왔다. 여자는 뒤늦게 대표 자격으로 면세점 대표를 대면했지만 모든 일을 되돌리기에는 역부족이었다. 면세점 계약은 파기되었다.

여자의 오빠는 미련하게 모든 걸 떠안았다. 구치소로 접견 온 동생을 바라보며 해맑게 웃어 보였다. 자신이 무죄라 믿었고 다만 상황이 조금 꼬인 탓에 일이 복

잡해졌다고 믿었다. 언제고 제자리로 돌아갈 수 있다고 생각하는 듯했다. 여자는 생각했다. 사람 좋다 소리를 듣는 사람은 절대로! 하늘이 두 쪽이 나는 한이 있어도! 사업을 해선 안 된다고. 착하기만 한 사업가는 그놈의 사업으로 자신은 물론 주변까지도 망가트리고 만다고. 자신이 오빠를 대신해서 빈껍데기 회사에 대표 자리에 앉은 일이 그랬고. 결국은 또 오빠의 옥바라지와 그로 인해 남겨진 산재한 일들 모두 자기 몫이 되었다고. 여자는 마지못해 회사 대표 타이틀을 걸치고 오빠를 대신해 필드로 떠밀려졌다. 오빠를 위해서라면 못 할 일이 없었다. 여자는 자신을 만나기 꺼려하는 관련 업체 CFO들을 만나야 했고 피해 금액 변제를 위해 알지도 못하는 회장들을 찾아다니기 시작했다. 모두 여자의 오빠와 인연이 있는 사람들이었다. 추모공원 사업자. 리조트 회원권 분양 사업자. 반려 동물 장례식장 사업자, 항암 신약 사업자 등등. 그 사람들은 오빠를 위해 고군분투하는 여자를 기특해했지만 그 어떤 도움도 주지는 않았다. 그들도 누군가의 도움이 필요한 사람들이었다. 누군가의 눈먼 돈을 기다리는 사람들이었다.

여자의 오빠는 서울구치소에 수감되어 재판을 받았다. K기업의 CB 건과 면세점 건이 병합되어 재판이 진행되었다. 여자는 오빠의 무고를 증명하기 위해 밤낮으로 뛰어다녔다. 그 덕분에 면세점 건은 혐의 없음으로 결론 내려졌지만 1심 법원은 여자의 오빠에게 횡령죄를 물어 징역 3년 형을 구형했다. 재판 결과를 들은 여자가 말도 안 된다며 소란을 피우자 재판장이 따끔한 주의를 줬다. 여자는 끌려 나가는 오빠를 향해서 소리쳤다. 항소할 거니까 걱정하지 말라며 자기보다 더 실망했을 오빠를 위로했다. 여자는 1심 재판이 열린 다음 날 어렵게 마련한 현금 삼백만 원을 들고 다시 변호사를 찾아갔다. 자신이 가진 돈의 전부라고 말하며 변호사에게 또 한 번 머리를 숙였다. 여자의 이마가 테이블에 닿았다. 항소가 진행되었지만 결국은 패소하고 말았다. 남자의 수감 생활이 1년 5개월 째 접어들 무렵 병중이던 남매의 아빠가 20개월의 투병 생활을 마치고 임종을 맞았다. 그렇게 해서 여자는 오빠를 대신 해서 상주가 되었다. 남자는 영어의 몸으로 아버지의 마지막 길을 배웅하지 못했고, 효자였던 남자는 죄책감에 스스로를 괴롭혔다. 아버지의 장례를 마치고 면회 온 여자를 통해서 아버지 장례 뒷얘기를 들으며 눈물을 보였다. 그래도 아버지가 복이 많다며 억지 미소도 지어 보였다. 남자가 할 수 있는 건 자신을 대신해 장남 역할을 맡은 동생이 잘하고 있다고 응원하는 게 전부였다. 남매는 서로를 걱정하며 괜찮은 척해 보였다. 행여나 허튼 생각을 행동으로 옮길까 봐 서로 눈치를 봤고, 그래서 말라가는 서로에게 힘이 되어야 한다는 걸 잘 알고 있었다. 여자가 다녀가고 얼마 뒤 구치소에 있는 남편을 보겠다며 친정 오빠들을 대동하고 새언니가 처음으로 접견 신청을 했다. 하루도 빼먹지 않고 오빠를 면회하던 여자는 하루에 한 번뿐인 면회 기회를 놓쳐서 허탈했지만 어쩌면 오빠는 자신보다 새언니를 만나야 한다고 생각했다. 잘된 일이라고 믿었다. 여자는 구치소 한 쪽에 마련된 휴게실에서 편지를 써서 구치소에 있는 우체통에 넣고 돌아섰다. 내일이면 여자의 편지가 오빠에게 전달될 거였다. 여자는 어쩌면 자기 짐이 좀 줄어들 수도 있겠다는 섣부른 생각도 들었다. 하지만 여자의 오빠는 그날 하나뿐인 어린 딸의 미래를 위해 이혼에 합의했다. 그

난리 속에서도 자기 처자식이 살 집만은 지켜냈던 남자가 이혼을 당했다.

오빠의 이혼 소식에 여자는 분개했다. 마땅한 이유가 있길 바랐다. 새언니는 시아버지 장례를 치르는 내내 장례식장에 얼굴도 비치지 않았다. 시누이인 여자의 전화도 차단해 버렸다. 남편이 구치소에 있는 그 긴 시간 동안 단 한 번을 찾아오지 않을 만큼 모질고 모질었다. 그런 새언니가 아버지를 떠나보낸 슬픔도 추스르지 못한 남편을 찾아와 남편이 끔찍이도 아끼는 어린 딸의 심리 상담을 핑계로 이혼을 요구하고 돌아갔다. 마음 약한 오빠는 결국 새언니의 비겁한 술책에 넘어갔고 끝내 버려졌다. 남자는 그렇게 두 번이나 크게 마음을 다쳤다. 그래서였다. 형기를 1년 2개월 남기고서 한밤중에 응급실로 실려 갔고 췌장암 말기 판정을 받았다. 평촌 한림대병원에서 응급 수술을 받은 남자는 뼈만 남은 앙상한 손목과 발목에 수갑이 채워진 채 스트레쳐카에 묶였다. 건장한 수사관 세 명이서 비좁은 1인실 병실을 밤낮으로 지켰다. 구치소로부터 연락을 받은 여자와 나이 든 여자는 무작정 병원으로 달려갔다. 하지만 병실에 있는 남자를 만날 수는 없었다. 병원에 입원한 수감자를 면회하려면 까다로운 절차가 필요했다. 여자는 나이 든 여자를 병원에 남겨 두고 서둘러 서울구치소로 향했다. 구치소 창구에서 번호표를 뽑고 순서를 기다렸다가 접견 신청을 하고 다시 병원으로 돌아왔다. 그러고도 한참을 기다리고 나서야 아픈 남자를 만날 수가 있었다. 여자와 나이 든 여자의 신분을 확인한 수사관이 못마땅한 표정으로 병실 문을 열었다. 환자에게는 최악인 병실 내부가 여자 눈에 들어왔다. 병실 안을 가득 채운 알 수 없는 메케한 공기와 그 불쾌한 공기 속에서 벽 쪽으로 겨우 고개만 돌리고 누워 있는 남자가 보였다. 처참한 모습의 오빠였다. 여자를 반긴 남자의 입술에는 피가 맺혀 있었다. 눈물이 고여 있었다. 그 모습을 본 여자는 이게 다 무슨 일인 건가 싶어서 화가 머리끝까지 났다.

"우리 오빠를 왜 이렇게 묶어 놔요? 우리 오빠가 살인을 저질렀나요? 흉악범이에요? 이렇게 아픈 사람이 어딜 도망간다고 어떻게! 이렇게 무거운 걸 채울 수가 있어요? 풀어 주세요. 이거 좀 풀어 주세요! 풀어 주세요. 좀 풀어달라고요!"

물러서지 않는 여자 덕분에 남자는 잠시나마 차갑고 무거운 수갑에서 해방되었다. 그렇게 모녀가 서너 번의 병원 면회를 하는 동안 가족 누구도 원한 적 없는 남자의 형 집행 정지 결정이 일사천리로 내려졌다. 남자는 수술 부위가 채 아물기도 전에 췌장암 말기 시한부 선고를 받고 여자와 나이 든 여자가 사는 집으로 추방당했다. 아직 아빠 병원비와 장례비도 빚으로 남아 있던 여자는 이제 오빠 병원비까지 필요했다. 여자는 치료비를 마련하기 위해 사방으로 뛰어다녔지만 소용없었다. 그건 오롯이 여자 혼자서 해결해야 할 몫이었다. 대신 "네가 참 대단하다. 나라면 못 했을 거야. 애쓴다.", "힘내라. 어쩌겠니. 더 애써야지. 죽어라 애써야지." 하는 말 부주만 보탰다. 그리고는 다 죽어 가는 남자 앞에서 눈물을 흘렸다. "아이고. 동생을 봐서라도 네가 이겨 내야지.", "말라도 너무 말랐다. 먹기 싫어도 잘 좀 먹어." 여자는 그깟 말뿐인 위로 따위가 듣기 싫었다. 억지 눈물 따위가 역겨웠다. 여자는 자연스럽게 사람들과 세상에 마음을 닫았다.

-3-

우편 집배원이 문을 두드렸다. 여자는 집배원을 통해서 자기 앞으로 발송된 두꺼운 고소장을 받았다. 혹시 잘못 온 건가 싶어서 얼른 봉투를 뜯어 확인했다. 고소장에는 여자가 알지도 못하는 사람들 이름이 수십 장에 걸쳐서 빼곡하게 적혀 있었고 그 사이에 버젓이 적혀 있는 낯선 자기 이름을 발견했다. 여자는 어디서부터 잘못된 건지 짐작도 되지 않았다. 여자 가슴이 철렁 내려앉았다. 재개발은 착하기만 한 여자에게 고소장을 발송할 만큼 어마무시하게 막강한 권력이었다. 여자는 단지 가난하다는 이유만으로도 큰 죄가 되는 세상에 살고 있었다.

"나는 재개발을 원한 적이 없어!"

여자의 외침은 아무런 힘도 없이 허공으로 퍼져나갔

다. 여자는 생각했다. 자신은 결단코 단 한 번도 원한 적 없는 재개발은 도대체 누구를 위한 걸까 하고. 누구를 위해서 일까 하고. 하지만 그 생각의 끝에서 한없이 보잘것없고 초라한 자신을 만나야 했다. 1년 남짓 살던 여자의 집은 뉴타운 3구역에 있었다. 이곳에서 아빠를 떠나보냈고 다시 살날이 얼마 남지 않은 여자의 오빠가 새 동거인이 되었다. 여자의 가족을 뺀 이웃들은 벌써 살 곳을 찾아 갈 길을 떠나기 시작했고 사람의 온기가 사라진 흉물스런 빈집 입구에는 빨간색 페인트로 엑스 표시가 남겨졌다. 노란색 [공가] 스티커가 커다랗게 붙었다. 밤이 되면 빈집들 사이로 동물의 울음소리 같은 바람이 공공연하게 몰려다녔다. 여자는 몇 번이고 문단속을 확인하고 또 확인했다. 세대주인 여자는 가족을 지켜야 할 의무가 있었다. 집주인은 하루가 멀다 하고 여자에게 전화를 걸어서 최대한 빨리 집을 비워달라고 독촉했다. 정화조 청소까지 마쳐야 자기도 이곳에서 해방된다면서. 그때까지만 해도 그 곳엔 여자네 말고도 서너 집에서 희망을 지켜 내는 따뜻한 불빛이 새어 나왔다. 하지만 불과 일주일도 채 지나지 않아서 서

달산 아래에는 여자네 세 식구가 거주민의 전부가 되었다. 유난히 춥던 1월. 남자의 항암 치료 주기를 마치고 세 식구가 집 안에 들어서자 집 전체를 가득 채운 냉기가 그들을 맞았다. 하루 반나절 동안 비워 둔 집은 서슬퍼런 겨울왕국으로 변해 있었고, 지쳐 있는 가족을 향해 무자비한 얼음 칼날을 세웠다. 보일러도 수도도 모두 꽁꽁 얼어 버린 집이 여자에게 말했다.

"어서와. 세대주. 이래도 네가 버틸 수 있는지 너무 궁금해."

여자는 서둘러 수도사업소에 전화를 걸었다. 다음 날이 되어서야 사람들이 왔지만 수도 계량기만 확인하고는 돌아섰다. 빌라 입구까지가 자기들 관할이라고 했다. 여자를 거지 보듯이 바라보며 왜 아직도 여기 살고 있냐는 핀잔을 남겼다. 그 뒤 며칠을 남자의 친구들이 서달산 약수터에서 물을 길어다 줬고 그 물로 여자네 세 식구는 구질구질하게 버텼다. 여자는 가족이 살 집을 찾고 또 찾았지만 보증금 천만 원으로 갈 만한 곳은 없었다. 여자는 시름시름 의욕을 잃어 갔다. 그러던 중 다행히도 흑석 뉴타운 11구역에 있는 협동주택 계약서에 서명을 할 수 있었다. 임대 계약서에는 재개발 구역이라 언제든 이사를 갈 수 있다는 추가 조항이 있었지만 시세 대비 가성비가 훌륭했기 때문에 여자는 운이 좋다고 생각했다. 아직은 추운 2월 초에 세 식구는 서둘러 이사를 했다. 등기상 지하 1층이지만 눈으로 확인했듯이 언덕길에 위치하고 있어서 외관상으로는 1층이나 다름없는 생소한 이름의 협동주택이었다. 협동주택은 벽 하나를 사이에 두고 두 개의 집이 지어진 형태로, 영세한 집주인들이 자기가 가진 자투리 공간까지 건물 평수로 활용하기 위해 손을 맞잡은 기발한 생존 방식 같았다. 출입구가 전혀 다르게 만들어져서 다른 집에 사는 사람들과 마주칠 일도 없었다. 집주인들끼리만 A동 B동이라고 불렀고 택배는 매번 잘못 배송되었다. 여자가 계약한 집은 방이 세 개에 겨우 자동차 한 대를 댈 수 있는 작은 마당이 딸려 있었다. 차를 주차하려면 망가진 대문을 아주 조심스럽게 열어야 했지만 여자는 그마저도 감사했다. 주인 할아버지가 소싯적에 개인택시를 주차했던 마당엔 이제 남자를 위한 검정색 렌터카가 주차되었다. 90세 집주인 할머니의 3살 연하 남편은 자기 집 마당에 세워진 낯선 차에 시도 때도 없이 경계의 눈초리를 보냈다. 여자가 집 계약을 할 당시 고령의 엄마 대신 중년의 딸이 대리로 나왔다. 집주인 딸은 여자에게 가족 수를 물었고 여자는 엄마랑 단 둘이 산다고 대답했다. 여자의 오빠는 자신의 존재를 남에게 알리는 걸 극도로 꺼려 했는데 자신은 주로 병원에 입원해 있거나 집에 있더라도 방에서 거의 나오지 않는다는 이유에서였다. 남자는 스스로를 유령으로 만들고 싶어 했다. 그 덕분에 사람 수로 계산하는 수도세와 정화조 청소비는 여자와 나이 든 여자 2명분만 계산하면 됐다.

세 식구는 새 집에 완벽하게 적응했다. 그 누구의 간섭도 받지 않는 소중한 공간에 각자의 방식으로 감사하며 지냈다. 아주 가끔 나이 든 여자의 자매들이 방문했고 한 달에 한 번 형 집행 정지 중인 여자의 오빠를 확인하기 위해서 검사와 조사관이 찾아왔다. 그들은 남자가 꾀병은 아닌지, 언제 죽을지, 죽어 가고 있긴 하는 건지를 확인하는 저승사자 같았다. 어느 날엔가 또 검사와 조사관이 찾아왔다. 검사가 남자를 만나는 동안 여자 조사관은 방 안으로 들어가지 않고 방문 앞에 서 있었다. 여자는 대놓고 그들을 불쾌한 시선으로 쏘아보았다. 등 뒤로 따가운 시선을 느낀 여자 조사관이 고개를 돌렸다. 여자조사관은 자신을 노려보는 여자와 눈이 마주쳤다. 여자는 불쾌한 시선을 거둘 생각이 없었지만 여자 조사관은 달랐다. 여자를 위로하듯 최대한 미안하고 따뜻한 눈빛으로 여자를 바라봤다. '많이 힘든 거 안다. 그래도 힘내라.'는 응원을 담아서. 여자는 울컥해서 시선을 떨군 채 고개만 끄덕였다. 여자는 나중에야 알았다. 그 당시 여자 조사관의 엄마도 췌장암 투병 중이었다.

집안이 풍비박산 나고 5년. 여자네 네 식구가 살던 단독 주택 자리에는 이제 신축 빌라 두 동이 들어섰다. 여자는 추억할 공간을 잃었다. 추억할 권리를 도둑맞았다. 여자는 5년 동안 다섯 번의 이사를 했고, 흑석동은 여자가 흑석동 주민으로 조금 더 살 수 있도록 흑석동 동쪽 끄트머리를 허락했다. 같은 흑석동이지만 원주민들은 여자가 사는 지역을 똥 고개 혹은 비계라고 불렀다. 흑석동 토박이들의 증언에 따르면 오래 전 그 지역 앞 도로에서 교통사고가 나는 바람에 똥차에 실려 있던 인분이 도로 위로 모두 쏟아져 내렸다고 한다. 똥물이 범벅된 도로에서는 한참 동안 코를 찌르는 역한 똥냄새가 진동했고, 그 냄새가 사라진 지 오래지만 나이 든 사람들과 그들의 자식들에게 이곳은 여전히 똥 고개로 통한다.

셋방살이들이 서울살이 미련을 놓지 못하고 흑석동을 놓지 못하고 위태롭게 재개발 구역에 옹기종기 모여 산다. 이주 명령이 내려지면 두말없이 이사를 가겠다는 강제 조항에 서명한 덕에 저렴한 임대료 찬스를 누린다. 그들은 조심스럽게 속으로 바란다. 하루라도 재개발이 미뤄져서 흑석동 주민으로 더 살 수 있게 되기를. 높은 곳에서 보이는 미친 흑석동 야경을 감상할 수 있기를. 강북과 강서를 비롯한 강남 어디든 편리하게 연결되는 매력적인 교통을 누릴 수 있기를. 한강을 끼고 두 발과 자전거로 걷고 달리며 건강을 지킬 수 있기를. 국가적 행사 땐 어김없이 정재계 유명 인사들이 앞다투어 찾아오는 국립현충원을 동네 뒷동산으로 오르고 내리길 희망하면서.

- 4 -

한밤중 남자의 방에서 신음 소리가 새어 나오고 어두운 주방에서는 여자가 분주하다. 물이 펄펄 끓는 들통 뚜껑을 열고 스텐 찜기 위에 놓아둔 참숯 찜질팩을 집게로 꺼내기 위해 애를 쓴다. 겨우 찜질팩을 꺼내는 데 성공한 여자가 익숙하게 뜨거운 팩을 수건으로 감싸며 남자 방으로 향한다. 침대 위에서 뼈만 남은 몸뚱이를 잔뜩 웅크린 채 고통스러워하는 남자가 보인다. 금방이라도 부서져 버릴 것 같은 깡마른 남자 등에 조심스럽게 여자가 손을 가져다 댄다.

"오빠. 많이 아프지. 우리 찜질 좀 할까? 찜질하자. 응?"

남자가 고개를 젓는다. 집에 돌아오고 처음으로 동생이 하는 말에 거부 의사를 표시한다. 남자의 고통스러운 신음 사이로 간신히 말이 새어 나온다.

"너무 아파. 죽는 게 낫겠어. 그만할래. 제발 나 좀…….
나 좀 죽게 내버려 둬. 차라리 그냥 좀 죽여 줘."

남자는 마약성 진통제를 복용했지만 이미 내성이 생겨서 효과가 없었다. 진통제 스틱을 하루 종일 물고 있었지만 췌장암의 끔찍한 고통을 24시간 내내 느껴야 했다. 남자는 동생한테 자신이 느끼는 통증에 대해서 [칼로 같은 부위를 쉬지 않고 계속 쑤셔대는 것] 같다고 말한 적이 있었다. 여자는 무너지는 마음으로 남자 가까이에 무릎을 꿇고 앉았다. 남자를 바라봤다. 잘생겼던 오빠의 얼굴은 고통으로 처참하게 일그러져 있었고 메마른 입가에는 마약 진통제가 허옇게 메말라 붙어 있었다. 오빠는 산 채로 지옥을 겪고 있는 것처럼 보였다. 어느새 남자의 열린 방 밖에는 나이 든 여자도 다가와 숨죽이고 서 있었다. 유독 나이 든 여자에게만 날카롭고 신경질적인 남자를 자극하지 않으려는 듯 다가서지도 못하고서.

"오빠가 그러고 싶다면 그렇게 하자. 우리 같이 죽어. 나도 아무 미련 없어."

남자가 힘겹게 고개를 돌려 자기 동생을 바라보았다. 뭐든 한다면 하는 동생이다. 동생은 이번에도 자기가 한 말을 두말없이 지킬 거였다. 남자가 크게 소리 내서 울기 시작했다. 못난 오빠를 위해서 기를 쓰고 버티는 동생을 보면서 죽음보다 모진 통증을 이겨 낼 마음을 먹으며 입술을 깨물었다. 남매는 그렇게 서로를 끌어안고 한참을 울었다. 방문 밖에서는 남매를 안아 주지도 못하는 죄인이 된 나이 든 여자가 무너져 내렸다. 깊은 밤. 세 식구는 울고 또 울었다. 세 식구가 가여워서 똥 고개도 울었다.

여자는 드라마나 영화에서 말하는 췌장암은 모두 거짓이라는 걸 알게 되었다. 췌장암 환자는 절대로 드라마 속 주인공처럼 온화하게 품위를 지키며 고통을 참을 수도 없고, 혈색 좋은 뽀얀 얼굴로 담담하게 죽음을 말하지도 않았다. 남자는 더 이상 마를 것도 없을 만큼 말라 갔다. 음식을 제대로 먹지 못하는 남자는 유튜브로 먹방을 보는 것만이 유일한 낙이였다. 입이 찢어지도록 음식을 쑤셔 넣고 우걱우걱 씹는 모습을 보면서 대리 만족을 하는 것 같았다. 여자는 일면식도 없는 사람들의 음식 씹는 소리가 무척이나 거슬렸지만 남자 앞에서는 내색하지 않았다.

췌장암은 자신이 소유한 숙주를 아무것도 먹지 못하게 만들었고 심지어 배설의 주체 자격까지 박탈해 버렸다. 남자는 암 세포에게 모든 걸 빼앗겼다. 하지만 여자는 남자에게 어떻게든 기회를 만들어 주려 애를 썼다. 남자가 살 수 있는 기회이자 여자와 나이 든 여자가 살 수 있는 기회이기도 한 그 기회를. 하지만 주변 사람 모두 그런 여자를 만류했다. 췌장암을 이겨 낸 사람은 없다고. 가망 없으니 포기하라고. 산 사람이라도 살아야 하지 않겠냐고. 참 유난도 떤다고. 도움을 주지도 않을 거면서 하나같이 여자의 마음을 갈가리 찢어 놓았다. 남자가 없는 세상은 여자와 나이 든 여자 모두에게 그려지지 않는 그런 세상이었다. 여자는 남자의 치료에 사활을 걸었다. 작은 희망에 매달렸다. 남자가 죽으면 여자와 나이 든 여자도 더 이상 살 이유가 없다고 믿었다. 여자는 일반 항암 치료를 견딜 체력이 안 되는 남자를 위해 약값이 몇 십 배 비싼 신약 치료를 받게 했다. 남자의 치료비를 대느라 빚을 내고 또 내고 또 냈다. 처음 아주 잠깐은 남자도 회복되는 것처럼 보였다. 그럴수록 여자는 확신했다. 여자의 오빠는 보란 듯이 완치라는 기적을 일으킬 수 있고 아빠가 비운 자리를 대신해서 여자와 나이 든 여자의 든든한 보호자가 될 수 있다고 믿었다. 세 식구의 끝은 그렇게 해피엔딩이어야만 했다.

- 5 -

그해 8월은 유난히 비가 오는 날이 많았다. 그날도 어김없이 아침부터 비가 내렸다. 서둘러 병원 갈 준비를 마친 여자가 집을 나섰다. 총신대 입구를 지나 막 사당사거리에 도착할 때 교차로 신호가 바뀌자 여자도 차를 세웠다. 잠시 자동차 앞 유리로 떨어지는 비를 바라보던 여자가 혼잣말을 중얼거렸다.

"오빠. 이런 날 떠나는 것도 나쁘지 않겠어."

여자는 자신이 내뱉은 말이 믿어지지 않아서 소스라치게 놀랐다. 자신이 정말로 그런 말을 한 건지 아니면 그저 생각의 소리였는지 조차도 헷갈렸다. 운전대를 잡고 있던 여자의 손이 저절로 움직이며 여자의 입을 때리기 시작했다. 찰싹. 찰싹. 찰싹. 여자는 그렇게 불경스러웠던 스스로를 체벌했다. 여자의 작은 입술 언저리가 벌겋게 부어올랐다.

"미쳤어. 미쳤어. 미친년……. 지금 무슨 생각을 하고 있는 거야."

여자는 잔뜩 흐린 하늘을 올려다보며 용서를 구했다. 때마침 뒤에 서 있던 차에서 경적 소리가 요란하게 울렸다. 여자는 얼른 룸미러 가까이 손을 올려 뒤차 운전자에게 미안함을 표시하고 차를 출발시켰다. 여자의 차가 부드럽게 교차로로 진입하기 시작했다.

여자가 막 병실에 들어서자 남자는 식은땀을 흘리고 있었고 호흡하는 데도 문제가 있어 보였다. 제대로 숨을 쉬지 못했다. 그 곁에는 남자 눈치를 보면서 어쩔 줄 몰라 하는 나이 든 여자도 있었다. 얼마 지나지 않아 남자는 결국 중환자실로 옮겨졌다. 다인실에서는 임종을 할 수 없다는 병원 측의 일방적인 통보였다. 여자는 1인실을 요구하며 남자의 마지막을 함께하겠다고 우겼지만 마침 병원 1인실 모두 환자로 차 있었고 남자의 현재 상태에서는 보호자가 해 줄 수 있는 게 아무것도 없다는 담당의의 단호한 설명이었다. 대신 다른 보호자들보다 자주 남자를 면회할 수 있게 해 주겠다는 약속을 여자에게 했다. 환자 이송 직원들이 남자를 중환자실로 옮기는 동안 여자와 나이 든 여자는 6인실에서 사용하던 남자의 짐을 하나도 남기지 않고 꾸렸다. 산더미처럼 쌓인 짐은 여자 혼자서 병실과 주차장을 왔다 갔다 하며 날랐다. 잠시 뒤 여자는 중환자실에서 남자를 만났다. 침대 머리맡에 비스듬히 기대앉은 남자를 향해서 여자가 웃어 보였다. 낯선 환경에 겁먹은 남자를 안심시키려는 듯 최대한 평범하게. 그때였다. 남자가 무언가 할 말이 있는 표정을 지어 보였고 여자는 남자가 원하는 걸 바로 알아챘다. 잠시 사라졌다가 다시 돌아온 여자 손에는 종이와 펜이 들려 있었다. 여자는 구해 온 종이와 펜을 남자 앞에 놓았다. 남자는 여자가 내민 종이 위에 삐뚤빼뚤 글씨를 써내려 갔다. 글씨는 상형 문자 혹은 암호처럼 보였지만 여자는 단번에 그 세 글자를 읽었다. 남자는 있는 힘을 다해서 동생에게 [사랑해]라고 적었다. 여자 눈에 눈물이 배었지만 기를 쓰고 눈을 크게 떴다. 무슨 일이 있어도 절대 눈물을 떨어트려선 안 됐다. 입술을 깨물며 여자가 아무렇지 않은 듯 일상처럼 말했다.

"알지. 알지. 오빠가 나 사랑하는 거. 나도 오빠 사랑해. 오빠도 알지? 내가 우리 오빠 아주 많이 사랑하는 거. 나 금방 또 올게. 문 밖에서 엄마랑 있을 거야. 그러니까 오빠 겁먹지 마. 우린 용감한 남매잖아. 언제든 오빠가 나를 찾으면 우린 볼 수 있어. 만날 수 있어. 내 말 무슨 말인지 알아듣지?"

유난히 사이가 좋았던 남매는 자기들 스스로 용감한 남매라 칭하며 우애가 돈독함을 확인하곤 했다. 주변 사람들도 용감한 남매 사이를 부러워했었다. 용감한 남매……. 여자의 말에 조금은 용기를 얻은 남자가 고개를 끄덕였다. 야속하게도 간호사가 여자에게 면회 시간 종료를 알렸다. 여자는 차마 떨어지지 않는 발걸음을 떼며 남자를 향해서 '오빠. 사랑해.'라고 입모양으로 말해 보였다. 그 모습에 남자도 희미하게 웃었다. 그때까지만 해도 남자는 왼손으로 직접 산소마스크를 쥐고서 손을 흔들며 사라지는 동생을 배웅했다. 여자는 중환자실을 나와서 나이 든 여자 옆에 앉았다. 모녀는 잠깐씩 열렸다가 닫히는 중환자실 문만 눈이 빠져라 쳐다보았다. 문이 열릴 때마다 모녀는 가슴이 철렁하고 내려앉았다. 그렇게 두 시간쯤 흘렀을 때였다. 여자는 자신과 마찬가지로 엄마도 하루 종일 아무것도 먹지 않았다는 사실을 깨닫고서 나이 든 여자를 설득하기 시작했다. 한동안 실랑이를 벌이던 모녀가 자리에서 일어났다. 지친 모녀는 병원 건너편에 있는 쌀국수 집으로 향했다. 다행히 비는 멈춰 있었다. 여자는 식당에 들어서자마자 키오스크로 쌀국수 두 개를 주문했고, 나이든 여자는 입구 쪽에 자리를 잡고 앉았다. 주문을 마친 여자가 물잔을 챙겨다가 나이 든 여자 앞에 놓아 주자 그제 서야 나이 든 여자도 물 한 모금으로 목을 축였다. 잠시 뒤 주문 벨소리가 울렸고 여자가 쌀국수 쟁반을 들고 자리로 돌아왔다. 입맛은 없지만 딸을 의식해서 나이 든 여자가 막 국물 한 수저를 뜨는데 불길하게도 여자의 핸드폰이 울려댔다. 모녀는 결국 아무것도 먹지 못한 채 서둘러서 식당을 나왔다.

기어이 그날 저녁 남자의 마지막이 다가왔다. 여자의 연락을 받은 남자의 친구 세 명이 병원으로 달려왔다. 나이 든 여자는 겁에 질려서 떠나는 아들을 만날 자신이 없다며 대기실에 혼자 남았다. 말도 안 되는 끔찍한 상황에 현실감을 상실한 듯했다. 여자는 오빠 친구들과 같이 중환자실로 들어서며 남자를 찾았다. 남자의 자리가 바뀌었고 남자가 누워 있는 침대 머리맡에는 주인을 잃은 산소마스크가 아무렇게나 방치되어 있었다. 그 모습을 본 여자는 또 불같이 화를 냈다.

“당신들 지금 우리 오빠한테 무슨 짓을 하고 있는 거야! 이게 최선을 다하는 거야? 이건 아니잖아요. 이러면 안 되잖아요. 우리 오빠 좀 어떻게 좀 해 주세요! 제발. 포기하지 말고 끝까지 최선을 다 해 주세요. 최선을……. 안 돼요. 아니야. 아니잖아. 아직 아니라고요!”

특정 대상도 없이 화풀이를 해대던 여자 눈에 고통에서 해방되어 누워 있는 남자가 보였다. 투병하는 9개월 동안 극심한 통증으로 단 한 순간도 똑바로 누울 수 없었던 오빠가……. 일 분만이라도 똑바로 누워 보고 싶다던 오빠가 드디어 천장을 보고 반듯한 자세로 누워 있었다. 오빠의 소원이 이루어졌다. 여자는 울음을 멈췄다. 남자는 생애 마지막이 되어서야 너무나 당연한 평범함을 맛보았다. 채 감지도 못한 남자의 탁한 눈을 감기고서 아직은 따뜻한 남자를 껴안은 여자가 다시 흐느껴 울기 시작했다. 이내 목이 터져라 울었다. 영원히 그치지 않을 울음으로 목 놓아 울었다. 여자의 세상이 파국을 맞았다.

"오빠. 난 어떡해. 이제 난 어떡해……. 나도 데려가. 나만 남겨 두고 이렇게 가면 난 어떻게 살라고. 오빠. 제발 같이 가. 나도 갈래. 나도 데려가. 오빠 혼자 이렇게……, 내가. 내가 어떻게 보내……. 오빠. 안 돼. 가지마. 가지마. 못 보내. 보낼 수 없어. 나도 가. 나도 살기 싫단 말이야. 갈 거면 나도 데려가. 같이 가. 오빠. 오빠."

남자는 거짓말처럼 세상을 떠났다. 아침에 내뱉은 여자의 입방정 때문이었는지, 아니면 여자가 짊어진 삶의 무게를 안쓰럽게 여긴 하늘의 선물이었는지는 알 수 없다. 여자의 오빠는 9개월이란 짧은 투병 생활에 마침표를 찍고 이 세상으로부터, 모녀로부터, 하나뿐인 딸로부터 영원히 사라졌다. 여자와 나이 든 여자가 그토록 바라던 기적은 일어나지 않았다.

남자의 시신은 장승배기 장례식장으로 옮겨졌다. 상급병원 장례 비용이 부담스러운 유족이 내린 결정이었다.

- 6 -

한여름에 치른 남자의 장례식은 3일 내내 비가 내렸다. 여자가 남자의 영정 사진을 안고 장례 리무진에 오를 땐 장대 같은 비가 퍼부었다. 세상도 남매의 이별을 슬퍼했다. 여자도 여자의 오빠도 비를 좋아했다. 남매는 비가 오는 날이면 누가 먼저랄 것도 없이 비 맞이 드라이브를 위해 차에 올랐다. 남자는 동생이 좋아할 만할 음악을 세팅했고 여자는 오빠의 자상함을 마음껏 즐겼다. 자동차 실내 천장에 손바닥을 대고 빗방울의 묵직함을 느끼며 행복해하는 동생을 보면서 남자도 행복해했다. 도로에 생긴 물웅덩이 위를 차로 지나면 차바퀴에 생기는 수막 현상 때문에 차 안에 탄 사람은 잠시 붕 뜬 것 같은 느낌을 느낄 수가 있다. 그 붕 뜬 느낌에 환장하는 동생을 위해 남자는 일부러 물웅덩이를 찾아다녔고 그럴 때마다 동생은 즐거운 비명을 질렀다. 꼬리뼈가 간지럽다며. 발바닥이 간지럽다며.

장례 리무진이 중대 후문 쪽 오르막길에 들어설 때였

다. 갑자기 여자의 호흡이 불규칙해지더니 순식간에 혀와 몸이 굳어 가기 시작했다. 차창밖에는 남매가 즐겨 찾던 커피숍이 보였다. 장례식이 치러지는 동안 여자는 울지 않았다. 남자를 염습하던 순간에도, 비현실적인 냉기를 뿜어내는 남자의 시신을 만지던 순간에도 울지 않던 여자가……. 상주가 무너졌다. 과호흡에 몸부림치던 여자의 빈 눈동자가 차창 밖 커피숍을 좇는다. 오빠와의 추억이 새록새록 떠올라서 숨도 쉬어지지 않는다. 리무진에 있던 친척들과 남자의 친구들이 여자에게 몰려들었다. 슬픔에 허우적거리는 여자를 보며 눈시울을 붉혔다.

'오빠. 비 온다……. 오빠 동생이 오빠랑 드라이브 하고 싶어.'

1년 1개월 사이에 그것도 모두 비 오는 날에 가족을 잃어버린 여자는 아빠를 떠나보내고 공황장애를 오빠의 병간호로는 우울증을 얻었다. 가장의 역할을 하느라 여자 마음은 온통 헐었다.

세상에서 가장 완벽한 비가 내리는 날. 나이 든 여자

가 전부인 여자와, 여자가 전부인 나이 든 여자는 그렇게 단 둘만 남겨졌다.

여자는 일할 의욕이 없다. 더 이상 지킬 게 없어진 여자의 심신은 엉망이 되었다. 카드 대출을 돌려가며 생활비를 해결했지만 그마저도 이제는 불가능했다. 여자는 개인 파산 신청을 고민하느라 갈수록 한숨이 늘어갔다. 여자에게는 아직 부양해야 할 가족이 남아 있었다. 그건 여자가 무슨 생각을 하든 아직은 때가 아니란 말이기도 했다. 여자는 고민 끝에 나이 든 여자 앞으로 된 카드로 대출을 받아야 할 것 같다는 말을 꺼냈다. 나이 든 여자도 그러마 했다. 여자가 나이 든 여자 핸드폰으로 몇 번의 터치를 하자 대출 승인이 떨어졌다. 빛의 속도로 나이 든 여자 통장에 일천일백만 원이 입금되었다. 여자는 나이 든 여자 통장에 백만 원을 남기고 나머지는 자기 통장으로 이체했다. 이체한 천만 원을 현금으로 인출하기 위해서 은행을 찾았다. 창구 직원이 현금의 용도에 대해서 꼬치꼬치 캐물었다. 여자는 엄마 임플란트 비용이라고 둘러댔다. 모녀에게 당분간의 생활비가 충전되었다. 여자는 생각했다. 더 이상은 착실하게 빚을 갚지 않겠다고. 계좌가 거래 중지된다고 해도 이제는 상관없다고.

의욕 없이 숨만 쉬며 방에만 틀어박혀 있는 여자와 슬픔을 잊기 위해 밖으로만 도는 나이 든 여자. 두 사람은 자연스럽게 자신들을 떠난 남자 얘기를 금기시했다. 아슬아슬하게 삶의 끝에서 서로를 바라봤지만 또 애써 서로를 외면했다. 여자와 나이 든 여자는 각기 다른 모습으로 낮을 보냈지만 깊은 밤 몰래 숨죽여 슬픔을 토해내는 모습은 닮아 있다. 여자는 매일 생각했다. 불행의 연속에서 해방되는 일. 모든 걸 내려놓는 일. 그래서 가벼워지는 일에 대해서. 엄마만 없다면 언제든 미련 없이 행동으로 옮길 수 있을 것 같다. 하지만 남겨진 엄마는 어쩐단 말인가. 엄마를 천애고아로 만들 자격이 자신에게 있는지에 대해 묻고 또 물었다. 어쩌면 여자와 다르게 나이 든 여자는 남은 삶을 계속 살고 싶을 수도 있는 일이었다. 엄마의 진심을 알아야 한다. 그때까지만 엄마 앞에서 괜찮은 척 연기하기로 마음먹는다. 부디 자신과 한마음이길. 그래서 생각보다 쉽게 마무리할 수 있길 바라면서.

여자가 납골당에 들어선다. 직원들이 여자에게 인사를 건넨다. 하루가 멀다 하고 추모공원을 찾는 여자를 모르는 직원은 없다. 2층 봉안당으로 향한 여자가 안치단 앞에 선다. 중앙에서 4번째 VIP 라인에 있는 여자의 아빠가 환한 얼굴로 딸을 맞았다. 여자는 막내로 돌아가 아빠한테 어리광을 부렸다. 투정을 부렸다. 잠시 뒤 이번에는 오른쪽으로 세 발자국 옮긴 여자가 그 자리에 쭈그려 앉는다. 추모공원 측에서 자식은 부모 위쪽에 안치할 수 없다는 규정을 고지했기 때문에 여자의 오빠는 아빠보다 아랫단에 있게 되었다. 여자가 차디찬 바닥에 주저앉아 오빠의 유골함에 시선을 맞추고서 벽에 머리를 기댔다. 그리고는 방금 전 삼송역 근처에서 구매한 즉석복권 4장을 꺼내서 바닥에 놓고 동전으로 긁기 시작했다. 복권을 긁으며 여자가 중얼거렸다.

“아빠 거. 꽝. 엄마 거도 …….꽝.”

세 번째 복권은 이천 원에 당첨됐고 네 번째 복권 역시 꽝이었다. 복권을 내려놓고 다시 유골함을 바라보자 여자에게 남자의 따듯한 위로가 들리기 시작한다. 남자의 유품을 정리하던 여자는 남자가 맞춰 보지도 못하고 남겨 놓은 로또 한 뭉텅이를 발견하고 한참을 울었었다. 병문안 온 친구와 지인들에게 로또를 사다 달라고 부탁했을 오빠를 생각하니 마음이 찢어지는 것 같았다. 남자는 죽음을 앞둔 몸을 하고도 남겨질 동생과 엄마를 위해 로또를 사 모았다. 여자가 일일이 확인했지만 몇 장이 오천 원에 당첨됐을 뿐이었다. 이제는 남자를 대신해서 여자가 복권을 산다.

- 7 -

거실 한 쪽 벽에 걸려 있는 가족사진 앞에 습관처럼 여자가 서 있다. 사진 속에서만 행복한 네 식구의 표정이 오늘 따라 거슬린다. 여자의 심기가 언짢다.

"더 이상 흑석동에서 못 버텨. 지켜 주지 않을 거면 데려가."

방으로 돌아 온 여자가 내뱉은 한숨이 방 안을 가득 채웠다. 잠시 뒤 가벼운 외출 준비로 여자가 분주해졌다. 흑석 3동 새마을금고에는 십 년 넘게 부어 온 보험이 있었고 그 보험으로 보험 약관 대출을 받을 생각에 여자는 들떠 있었다.

그날 저녁. 외출에서 돌아 온 나이 든 여자 앞에서 순금 목걸이가 들어 있는 상자가 열렸다. 나이 든 여자는 아이처럼 깡충깡충 뛰며 좋아했다. 여자는 그 모습을 바라보다가 나이 든 여자 목에 묵직한 순금 목걸이를 걸어 주었다.

"딸 취직 기념 선물이야."

나이 든 여자는 행복한 비명을 지르며 손거울을 들고 자신의 목에 걸린 목걸이가 믿기지 않아서 목걸이를 확인하고 또 확인했다. 작은 거울이 성에 차지 않는지 이번엔 욕실로 뛰어 들어가 욕실 거울에 자기 모습을 비추기 시작했다. 거울 속 자신의 모습과 여자의 얼굴을 번갈아 바라봤다. 여자는 나이 든 여자에게 깜짝 여행 계획을 알렸고 모녀는 오랜만에 행복하게 잠자리에 들었다. 여자는 생각했다. 잔인한 불행의 연속을 끊어 내는 일. 철저하고 완벽하게 죽음을 맞이하는 일. 가장으로서 남은 세대원도 끝까지 책임져야 하는 그 일을 반드시 자기 손으로 성공시키고 말겠다고.

그날 밤 여자의 오빠가 여자를 찾아왔다. 174cm에 41kg의 육신을 지탱하고 서 있었지만 남자의 표정은 편안해 보였다. 이제는 아프지 않은 거냐고 여자가 묻자 남자가 고개를 끄덕이며 환하게 웃었다. 남매는 매일매일 불행에 잠식됐던 60조 개의 세포로 이루어진 몸뚱이와의 이별전야 축배를 들었다. 네 식구가 곧 완전체로 만나게 된다는 기대감에 들떴다. 남매는 밤이 새도록 수다를 떨었다. 새벽에 화장실에서 나오던 나이 든 여자는 얼핏 딸 방에서 새어 나오는 딸의 웃음소리를 들었다. 나이 든 여자의 입가에도 미소가 번졌다.

모녀는 간단히 아침을 먹고 서둘러 동해로 출발했다. 토요일이라 도로 사정이 좋지 않았지만 모처럼의 여행으로 여자와 나이 든 여자 모두 홀가분해 보였다. 취직과 동시에 3개월간의 긴 출장을 앞둔 딸에게 나이 든 여자는 자기 걱정은 하지 말라고 당부했다. 엄마를 끔찍이도 생각하는 효심 깊은 딸은 자신이 없는 동안 엄마에게 생활비를 넉넉하게 안길 게 뻔했다. 나이 든 여자는 자꾸만 웃었고, 여자는 자꾸만 나이 든 여자를 훔쳐봤다. 호텔 입실 시간보다 두 시간 일찍 도착한 모녀는 주저 없이 낙산사로 향했다. 우뚝 솟아 있는 해수관음상이 모녀를 맞았다. 몇 해 전 해수관음상 앞에 몸을 낮췄던 나이 든 여자는 가족의 평온을 빌었었다. 이제 가족의 평온은 무너졌지만 다행히도 나이 든 여자에겐 열 아들 부럽지 않은 딸이 남아 있었다. 모녀는 각자의 소원을 적어서 소원나무에 묶었다. 다시 한번 해수관음상 앞에 선 나이 든 여자가 몸을 낮춘다. 이번엔 딸과 함께여서 든든했다.

'딸내미가 사고 없이 건강하게 출장 잘 마치고 돌아올 수 있게 보살펴 주시옵소서.'

나이 든 여자를 뒤에서 지켜보던 여자도 선 채로 고개

를 숙였다.

'단 한 번으로 끝낼 수 있게 제발 저 좀 도와주세요. 도와주세요.'

저녁 식사를 마친 모녀가 세미 스위트룸으로 다시 들어섰다. 그사이 날이 어두워져 객실에서 바다는 보이지 않았지만 바다와 파도 소리는 밤새도록 모녀와 함께할 거였다. 여자는 나이 든 여자를 위해 욕조에 허브 입욕제를 풀었다. 쟈스민 향기가 객실 안에 가득 찼다. 따끈한 물에 몸을 담근 나이 든 여자는 노곤함에 저절로 눈이 감겨 왔다. 나이 든 여자의 목에는 순금 목걸이가 쉴 새 없이 반짝거렸다. 잠시 뒤 욕실 문을 열고 뽀얀 수증기와 함께 나이 든 여자가 나왔다. 여자는 나이 든 여자에게 시원한 음료수를 건넸다. 나이 든 여자는 딸이 건넨 음료수를 단숨에 들이켰다. 그 모습을 지켜보던 여자의 표정에 슬픔이 묻어났다. 나이 든 여자가 침대 위로 쓰러졌다. 여자도 나이 든 여자를 따라서 음료수를 마셨다. 여자의 눈에서는 눈물이 흘러내렸다.

내 고단한 삶은 끝이다.

더 이상 괜찮은 척 연기하지 않아도 된다.

철없는 엄마를 지키는 일도 끝이다.

모든 게 끝이다.

다 끝났다.

나는 바스라진다.

나는 끝내 사라진다.

사람들로부터.

세상으로부터.

- 8 -

분주하게 상을 차리던 나이 든 여자가 문득 벽에 걸려 있는 가족사진을 바라본다. 때마침 현관에서 비밀번호 누르는 소리가 들린다. 나이 든 여자가 얼른 눈가를 옷소매로 훔치고서 현관을 확인한다.

"어머니. 저 왔어요."

"우리 아들 왔네. 힘들진 않았어? 힘들었지? 그러게 엄마가 간다니깐."

살이 좀 차오른 남자의 한 손에는 피자 상자가 들려져 있다. 나이 든 여자가 피자를 받아들고서 뚜껑을 열었다. 아직 따뜻한 피자 온기로 상자 뚜껑엔 습기가 차 있었고 힘들게 임무를 완수한 남자의 이마에서는 땀방울이 빛났다. 나이 든 여자가 피자를 상 위에 올려놓자 단출한 제사상이 차려졌다. 살아생전 피자를 좋아하던 이제는 곁에 없는 가족을 위해 다른 음식들은 과감히 생략했다. 상차림이 만족스러운 듯 남자의 어깨에 보일 듯 말 듯 힘이 실렸다. 남자가 얼른 작은방으로 들어가서 유골함을 들고 나왔다. 들고 나온 유골함을 제사상 위에 올려놓았다.

故 서 이 수

生 1979. 4. 28 陽

卒 2023. 8. 26 陽

배우자도 자식도 없이 가족들 뒤치다꺼리만 하다 간 사랑하는 딸이자 하나뿐인 동생의 첫 제사 준비가 끝났다.

"오빠가 너 좋아하는 피자 사 왔네……. 애가 입 짧아서 얼마 먹지도 못해요. 그래도 이수야 오늘은 날이 날이니만큼 맛있게 좀 먹어 봐. 불쌍한 내 새끼. 가여운 내 새끼. 하늘도 무심하지. 그렇게 애를 허망하게 데려갈 걸 그 고생을 시키고……."

2023년 8월 26일 아침이었다. 남자가 입원해 있는 병원에 가기 위해 집을 나선 여자의 차가 사당역 사거리 교차로에 정차했다. 여자가 잠시 비가 내리는 하늘을 올려다본다. 같은 시각. 서울 메트로 삼거리를 빠른 속도로 지나 사당 사거리로 향하는 25톤 덤프트럭이 보인다. 운전기사는 남부 순환고가 아래 신호등이 초록색에서 노란색으로 바뀌는 걸 확인했지만 더 세게 엑셀을 밟는다. 이번 신호에 기필코 사당 사거리를 지날 작정이다. 그 순간 여자 차가 서 있던 쪽의 신호가 초록색으로 바뀐다. 1초, 2초, 3초. 여자 차 뒤에서 경적 소리가 울린다. 여자가 차를 움직이기 시작한다. 교차로로 들어서는 검은색 승용차를 발견한 덤프트럭 운전기사가 경적을 울리며 있는 힘껏 브레이크를 밟는다.

"끼이익. 끼이익. 끼익!"

덤프트럭의 커다란 타이어가 빗물을 머금은 노면 위에 헛돌기 시작한다. 타이어와 노면 사이에 생긴 짓궂은 수막 때문에 노면 접지력을 상실한 12개의 타이어가 붕 떠서 검은색 승용차를 그대로 덮친다.

덤프트럭과 남부순환도로 교각 기둥 사이에 처참하게 구겨져 있는 검은색 승용차 운전석에서 여자가 빠져나왔다. 모여 있는 사람들을 쳐다보며 여자 표정도 덩달아 심각해진다. 여자가 사람들이 바라보고 있는 사고현장을 보며 처참하다고 생각한다. 아차. 싶은 여자가 그 자리를 벗어나 걸음을 재촉한다. 남태령 고개를 지나 인덕원 사거리를 지나 오빠와 엄마가 있는 평촌 한

림대병원을 향해서. 발걸음이 가볍다. 숨도 차지 않는다. 여자가 달리기 시작한다. 하지만 아무리 달리고 달려도 또 다시 사당 사거리 교차로다.

2023년 1월 어느 날 오후 여전히 믿어지지 않는 현실 앞에 눈물만 흘리던 나이 든 여자가 기운을 차리고 아들 방 앞에 선다. 뭐라도 필요한 게 있으면 도움을 주고 싶은 마음으로. 하지만 남자는 침대 위에 웅크리고 앉아서 태블릿으로 먹방을 보느라 나이 든 여자의 인기척을 알아채지 못한다. 나이 든 여자가 작은 집 안을 겉돌다가 외출한 딸 방으로 들어간다. 침대에 걸터앉아서 방 안을 둘러보다가 무심코 책상 한쪽에 꽂혀 있는 노트가 눈에 띈다. 노트를 집어 들고 한 장 한 장 넘기다가 표정이 굳어져서 책상 아래 서랍을 열어 본다. 서랍 속에는 딸이 잔뜩 모아둔 주황색과 흰색 알약들이 튀어나온다. 나이 든 여자는 그 자리에 털썩 주저앉아 주먹 쥔 손을 둔탁하게 자기 가슴에 내리꽂는다. 아픈 아들이 듣지 못하도록 숨소리 하나 내지 못하고 괴로워한다. 바로 옆방에 있는 남자는 아무 소리도 듣지 못한다. 불닭볶음면 10봉지를 먹어 치우는 남자 유튜버에 잔뜩 감정 이입해서 건조한 입을 오물거릴 뿐이다. 나이 든 여자가 눈물을 닦는다. 자기 몸무게와는 비교도 안 되는 가장이란 짐을 짊어진 딸은 매일매일 죽음을 친구 삼고 있었다. 딸은 쓰러진 아빠를 위해 강해져야 했고 구치소에 있는 오빠를 위해서 더 강한 척해야 했다. 그리고 남겨진 엄마를 위해 씩씩한 척했고 또 다시 병든 오빠를 위해서 이를 악 물고 버텼다. 남편과 아들을 그리고 못난 어미를 지키느라 가엾은 딸은 생기를 잃어 갔다. 그날 이후 나이 든 여자는 딸 몰래 딸이 모아 둔 알약과 비슷한 약들을 구해서 딸 서랍에 들어 있던 약과 바꿔치기 시작했다. 그리고 무작정 철없는 엄마가 되기로 마음먹었다. 딸 없이는 아무것도 하지 못하는 손이 많이 가는 나이 든 여자가 되기로 했다. 딸이 허튼 생각을 하지 못하도록 항상 떠받들어야 하는 여왕이 되기로 결심했다.

여자의 오빠는 삼육대 병원에서 암세포에 항암제를 직접 주사하는 시술을 받았지만 체력이 버텨 주질 못했다. 결국 직접시술 포기를 알리자 병원에서는 퇴원을 요구했다. 병원 입장에서는 돈이 되지 않는 말기 암 환자를 더 이상 입원시켜 둘 필요가 없었다. 다른 병원을 알아봤지만 남자를 받아 주겠다는 병원은 나타나지 않았다. 그러던 중 다행히도 평촌 한림대병원에서 다시 남자를 받아 주겠다고 했고 여자는 남자의 병원을 옮겼다.

병원에서는 아무것도 먹지 못하는 남자에게 하얀색 영양제를 24시간 달아 놓았고 질 좋은 마약성 진통제로 통증 관리도 해 주었다. 남자는 모녀에게 혼자 있을 수 있다고 말했다. 덕분에 여자와 나이 든 여자는 모처럼 집으로 돌아왔다. 나이 든 여자가 일주일치 장을 봐서 막 집 안으로 들어섰을 때 여자가 달려 나와 나이 든 여자 목에 목걸이를 걸어 주었다. 모녀의 1박 2일 여행 계획도 알렸다. 여자는 계획대로 모녀의 자살 여행을 준비했다. 그래서 나이 든 여자가 평소에 갖고 싶어 하던 목걸이를 선물하며 엄마의 마지막이 슬프지만은 않기를 바랐다. 나이 든 여자도 여자의 여행 제안에 올 것이 왔음을 직감했지만, 가망 없는 오빠와 거추장스러운 엄마를 내려놓으려는 여자의 심정을 이해했다. 방으로 돌아 온 여자는 그동안 모아 놓은 알약들을 챙겨서 나이 든 여자가 볼 수 없게 가방에 안쪽에 꽁꽁 숨겼다. 양양에 도착한 모녀는 낙산사 산책을 마치고 호텔에 짐을 풀었다. 나란히 바닷가를 걸으며 시간을 보냈다. 여자가 미리 예약해 둔 횟집 창가에 앉아 싱싱하고 푸짐한 회를 반주와 함께 먹었다. 피곤해진 모녀는 숙소로 돌아왔다. 방에 들어서자마자 여자는 나이 든 여자를 위해서 욕조에 물을 받았다. 준비해 온 허브 입욕제를 풀었다. 나이 든 여자가 목욕을 하는 사이 여자는 숨겨온 알약을 꺼내서 곱게 빻았다. 정확하게 반으로 나눴다. 미리 준비해 둔 두 개의 음료수에 조심스럽게 약 가루를 넣었다. 하지만 가루는 음료에 섞이지 않고 바닥에 그대로 가라앉았다. 당황한 여자가 욕실을 의식하며 나무젓가락을 가져다가 약이 녹을 때까지 휘젓는다. 나이 든 여자가 목욕을 마치고 나오자 여자가 음료수를 건넨다. 나이 든 여자는 음료수를 마시고 침대 위로 쓰러지고 잠시 뒤 여자도 쓰러진다. 나이 든 여자가 쓰러진 딸을 향해서 중얼거린다.

"어떻게든 세상은 살아가게 돼 있어. 우리 한잠 푹 자고 일어나는 거야. 이수야. 사랑한다. 사랑한다. 내 딸."

눈부신 햇살이 여자의 얼굴 위로 쏟아진다. 여자가 천천히 눈을 뜬다. 걱정스러운 표정으로 여자를 내려다보고 있는 나이 든 여자를 만난다. 나이 든 여자 목에는 여자가 선물한 가짜 순금 목걸이가 반짝인다. 여자는 생각한다. 죽고 난 뒤에도 살아 있을 때랑 별반 다르지 않다고. 죽을 만하다고.

"엄마. 있잖아. 그 목걸이 가짜야. 나는 정말 진심으로 엄마한테 진짜 순금 목걸이를 사 주고 싶었어. 그리고 엄마. 정말 미안해. 내가 결국 엄마까지 죽게 만들었네. 나 없이 엄마 혼자 둘 수가 없었어. 근데. 잠깐. 잠깐만. 엄마? 우. 리. 죽은 거 맞지?"

나이 든 여자가 막 깊은 잠에서 깨어난 여자를 꼭 안아 준다. 여자가 깨닫는다. 자살에 실패했다는 사실과 여전히 살아 있다는 사실을.

“아아. 안 돼. 아니야. 나는 죽은 거야. 엄마. 제발. 우리가. 내가 죽은 거라고 말해 줘. 나는 정말 매일매일 죽고 싶었어. 단 한순간도 살고 싶었던 적이 없었다고. 아빠가 쓰러지던 날도. 오빠를 보러 구치소를 갔던 그날도. 오빠가 죽을 지경이 돼서 내 앞에 다시 나타났던 날도. 정말. 진심을 다해서 죽고 싶었어. 어디에도 기댈 데가 없었어. 아무도 우리를 도와주지 않잖아. 아무도 나를 도와주지 않잖아. 혹시라도 내가 도와달라고 할까 봐 다들 나를 피하기 바빴어. 내가 도움을 청할 곳이 아무 데도 없었다고. 모든 사람들이 나를 외면했어. 나를 모른 척했어. 똑똑히 기억해. 나한테 보내던 그 부담스러운 눈빛들을. 엄마. 난 그 사람들 보란 듯이 죽었어야 해. 자살해 버린 나를 보고 조금이라도 그 사람들이 양심의 가책을 느끼길 바랐어. 나는 죽어서 없어져 버렸어야 해. 매정한 사람들 기억 속에서 영원히 사라져 버렸어야 한다고. 아무리 개떡 같은 세상이라도 나한테 그럴 기회는 줘야 하는 거잖아……. 이게 뭐야. 이게. 아아. 이건 너무 잔인해. 세상이 나한테만 이렇게 잔인할 수가 없어. 아아. 난 살기 싫어. 살 자신 없어. 정말 살고 싶지 않아……. 엄마. 나 너무 힘들어. 엄마 딸 이젠 너무 지쳤다고. 왜? 왜 하필 나야. 왜! 나 그만할래. 그만할래. 정말 그만하고 싶어. 엄마. 엄마."

결국 자살에 실패한 모녀는 짧은 여행을 마치고 다시 제자리로 돌아왔다. 여자에게는 다시 전쟁 같은 하루하루가 시작되었다. 인정사정도 없는 주인이 올려놓은 무거운 짐을 짊어진 당나귀처럼 여자도 다시 묵묵히 버텼다.

달리는 여자 눈앞에 모든 시간이 펼쳐졌다. 그동안 자신이 아빠를 지킨 줄 알았다. 자신이 오빠와 엄마를 지킨 줄 알았다. 바보같이. 의식이 없는 상태에서도 빗길을 뚫고 창원에서 달려오는 딸을 만나기 위해 사력을 다해 7시간을 기다려 준 아빠를 만났다. 딸의 목소리가 들리자 눈물 한 줄기로 이별을 말해 줬던 아빠였다. 이어서 오빠가 나타났다. 자기 사업 실패로 가족에게 전부였던 집이 강제 매각되고 졸지에 길바닥으로 내몰린 가족을 원상 복구시키기 위해서 안간힘을 쓴 오빠였다. 오빠는 잠자는 것도 잊은 채 수단과 방법을 모색했다. 가족이 보고 싶을 땐 하늘을 올려다보며 하늘에게 빌었다. 그게 사기든 허상이든 상관없이 절실하기만 했던 오빠의 모습이었다. 다음엔 엄마가 나타났다. 딸의 힘듦을 외면하는 철없는 엄마라서 야속했다. 하지만 실상은 딸의 비루한 인생이 끝나지 않도록 온몸으로 막고 있던 엄마였다는 걸 알았다. 여자는 그제서야 깨달았다. 당신들 딸을, 동생을 자기만의 방식으로 사랑한 가족을 가졌다는 사실을. 여자는 슬펐지만 기뻤고 행복했다. 더는 말라서 나오지 않을 것만 같던 눈물이 여자의 눈에서 끝도 없이 흘러내렸다.

"이제는 내가 기적이 될 차례야. 사랑해요. 아빠. 엄마. 사랑해. 오빠……."

종잇장처럼 구겨져 있던 여자의 차에서는 아직 긁지 않은 즉석복권이 나왔다. 나이 든 여자는 겨우 죽음의 고비를 넘기고 누워 있는 아들에게 동생이 남긴 즉석복권을 건넸다. 남자는 건네받은 복권을 가슴에 안고서

짐승처럼 울기 시작했다. 그 모습을 지켜보며 나이 든 여자도 울었다.

이른 새벽 나이 든 여자는 보호자용 간이침대에서 불편하게 잠이 들었고, 남자는 왼손에 산소마스크를 쥐고서 동생이 남긴 이천 원짜리 즉석복권 넉 장을 원망스럽게 노려보았다. 남자가 그랬던 것처럼 동생도 가족 수에 맞춰서 복권을 샀다. 남자의 가슴이 메어졌다. 동생은 벼락 맞을 확률보다 당첨 확률이 적은 로또보다는 사람에 의해 작위적으로 만들어진 즉석복권을 선호했다. 동생다웠다. 남자는 즉석복권을 자세히 들여다보았다. 이천 원짜리 두 장이 한 세트인 스피또는 같은 숫자가 세 개가 나오면 해당 금액에 당첨되는 방식이었다. 1등 당첨금은 이십억 원이나 됐다. 로또는 1등 당첨자가 많을 경우 십억도 채 되지 않는 인색한 당첨금에 만족해야 하지만 즉석복권은 달랐다. 언제고 1등만 된다면 일관성 있게 이십억을 받는다. 남자가 결심한 듯 얼굴에 대고 있던 산소마스크를 옆으로 내려놓고 동전을 쥐었다. 남자가 중얼거리며 복권을 긁기 시작했다.

"아빠 거. 꽝. 엄마 거. 꽝……."

처음 두 장 세트는 꽝이었다. 얕은 숨으로 심호흡을 대신한 남자의 손이 다시 움직였다. 쓱. 쓱. 쓰윽……. 숫자 28이 세 개였다. 이번엔 당첨 금액을 긁었다. 일십억 원이라고 적혀있었다. 남자는 다시 한 번 확인했다. 분명히 일십억 원이었다. 믿어지지 않는 일이 믿기지 않게 남자에게 일어나고 있었다. 남은 한 장은 긁어 보나마나 십억일 터였다. 남자는 이게 다 무슨 일인 건가 싶었다. 정말 현실인 건가도 싶었다. 마른침을 삼킨 남자가 다시 힘을 내서 동전을 쥐었다. 쓱. 쓱. 쓱. 이번엔 당첨 금액부터 긁었다. 일십억 원. 그 금액 아래에 가려져 있는 부분도 조심스럽게 긁어 내려갔다. 04가 하나. 둘. 세 개다. 동생이 떠났고 동생이 남긴 즉석복권은 이십억 원에 당첨되었다. 사랑하는 가족을 잃은 남자와 나이 든 여자에게 쓸모없는 이십억이 생겼다.

"이제 와서……. 이게 다 무슨 소용이야. 늦었어. 늦었잖아. 늦어 버렸다고."

남자의 호흡이 거칠어졌다. 그 소리에 선잠을 자던 나이 든 여자도 잠에서 깼다. 나이 든 여자가 다급하게 산소마스크를 집어 들어 남자의 얼굴에 가져다 댔다. 나이 든 여자의 손이 심하게 떨렸다. 이제 하나 남은 자식마저 남편과 동생을 따라가는 건가 싶어서 쩔쩔맸다.

"여기요. 여기요. 선생님. 우리 애 좀. 우리 애 좀 봐주세요! 여기요!"

남자는 자신이 죽기 전까지 무슨 일이 있어도 엄마한테서 남은 정을 떼고 갈 생각이었다. 그래서 엄마한테만 그렇게도 모질게 굴었는데 다 소용없다는 걸 알았다. 결코 자식은 사랑으로 부모를 이길 수 없다는 사실에 고개가 숙여졌다. 남자는 자기 엄마를 바라보며 힘을 내기 시작했다. 나이 든 여자가 잡고 있던 산소마스크를 직접 손으로 쥐어 보였다. 있는 힘을 다해 꽉 움켜쥐고서 나이 든 여자를 바라보았다. '엄마. 나 살게요. 반드시 살아남을 게요.'라고 눈으로 말했다. 남자가 숨을 쉴 때마다 산소마스크 안쪽이 뿌옇게 차올랐다가 사라지기를 반복했다. 그 사이 간호사와 담당 의사가 달려와 남자를 살폈다.

병증이 다소 호전된 남자는 동생이 남긴 당첨복권을 찾기 위해 동행복권으로 전화를 걸어서 본사 방문 시간을 예약했다. 예약한 날짜에 맞춰 남자와 나이 든 여자가 동행복권 본사를 방문했지만 당첨 금액을 받을 수 없었다. 그들은 또 다시 모자에게 지정된 농협은행으로 가야 한다고 안내했다. 당첨 금액을 받기까지 꽤 번거로운 절차가 필요했지만 어쨌든 새로 개설된 남자의 통장에는 세금을 떼고 남은 13억 4천만 원이 입금되었다. 남자는 서둘러 이사할 집을 찾았지만 터무니없이 비싸진 흑석동 집값에 아연실색했다. 하지만 남자와 나이 든 여자 모두 흑석동을 떠날 생각이 없었다. 가족사진 앞에 선 남자가 아버지와 동생을 보며 반드시 흑석동에서 살아남겠다는 각오를 다졌다. 매일 늦은 밤까지 잠 못 들며 매물을 찾던 남자가 드디어 급매물 아파트를 발견했다. 마음이 다급해진 남자는 늦은 시간도 아랑곳하지 않고 부동산 대표 번호로 전화를 걸었다. 거래절

벽 불경기로 고전하던 부동산 사장은 오밤중에 걸려온 남자의 전화를 받았고, 바로 다음 날 매매계약 자리를 만들어 주었다. 남자와 집주인이 계약서에 서명하는 모습을 곁에서 지켜보던 부동산 사장의 얼굴에는 긴장감이 묻어났다. 만에 하나라도 계약이 불발되는 대재난을 막을 작정으로 끝까지 최선을 다했다. 그는 남자에게 사장님, 사장님 해 가며 싹싹하게 굴었고 남자가 사려는 아파트는 단지 아파트 브랜드에 밀려서 가격이 저렴할 뿐임을 강조했다. 비록 이십 년도 넘은 아파트지만 맹세코 다른 하자는 없노라 자신하며 기꺼이 자신의 36년 공인중개사 커리어를 모두 걸었다.

여자가 세상을 떠난 지 4개월 뒤 서달산 아래에 있는 아파트 6층으로 남자와 나이 든 여자의 단출한 살림살이가 옮겨졌다. 아파트 베란다를 통해서 세 가족이 함께 살았던 빌라 자리가 보였다. 지금은 낡은 빌라 대신 구립 흑석어린이집이 자리하고 있었지만 여자를 추억하기에는 전혀 문제되지 않았다.

이사를 마친 남자와 나이 든 여자가 한숨 돌리며 4층

복도 창문 앞에 선다. 신축 아파트들 사이로 남산과 한강이 한 뼘 정도 눈에 들어온다. 남자와 나이 든 여자가 확신에 찬 표정으로 서로 마주본다. 분명히 동생도! 딸도 좋아했을 매력적인 흑석동의 풍경이었다.

이제 남자와 나이 든 여자를 빼고 여자를 기억하는 사람은 한 사람도 없다. 여자는 모든 사람들의 기억 속에서 완벽하게 사라졌다. 여자가 바라던 대로 세상에서 완전히 사라졌다.

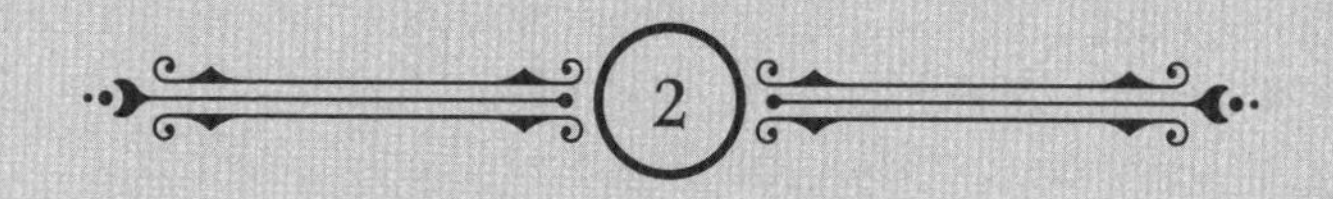

무 대리의 비밀

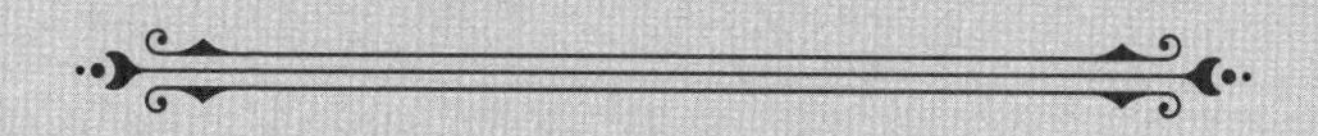

명심해, 비밀에는 발이 달려 있어.

프롤로그

나의 밤이 되었다. 오늘도 어김없이 낮보다 더 말똥말똥해진 심신 상태로 밤을 맞는다. 이렇게 멀쩡한 상태에서는 잠은커녕 오히려 온갖 잡념들이 튀어나와 밤새 시달릴 게 뻔하다. '잠자기는 글렀네.' 하고 빠르게 인정하는 편이 오지 않을 잠에 대한 썩을 미련 따위를 한 방에 날려 주기도 하고 또 다분히 생산적이라는 걸 경험상 잘 알고 있다. 대부분의 사람들은 이런 증상을 불면증이라는 병증으로 이름 붙여서 과장되게 말하며 주위 사람들로부터 동정심을 유발시킨다. 하지만 나는 불면증이라는 단어를 듣는 것도 말하는 것도 왠지 거북하고 불편하다. 그래서 나는 말한다. '그저 대체로 불멸의 밤을 보내는 편.'이라고. 실제로도 내가 보내는 밤들의 대부분은 거의가 불멸의 밤이다.

"잠자기는 글렀네."

나는 답답한 오피스텔을 빠져나와 익숙한 길로 막 들어섰다. 아직은 차가운 바람이 불어왔고 그 덕분에 머릿속은 무진장 개운해졌다. 경쾌하기 그지없는 나의 밤. 사랑스러운 우리의 밤이다. 한번 생각해 보라고. 만약에 세상에 밤이 존재하지 않았다면! 당신은 당신의 얼굴 표정 하나 숨겨지지 않는 맨송맨송한 벌건 대낮에 마음에 둔 사람에게 좋아한다고 고백한다거나 얼굴 화끈거리는 사과를 할 수 있었겠는가. 또 누군가를 용서하기 위한 기적의 다짐을 할 수 있었겠는가. 그도 아니면 방금 전까지 꼴도 보기 싫게 느껴지던 당신 자신을 바꾸고 싶다는 용기를 감히 먹을 수 있었겠는가 이 말이다. 그대를 탓하려는 게 아니다. 왜냐하면 아무리 잘난 사람도 저마다 부끄러운 면 하나씩은 가지고 있으니까. 괜찮다. 우리에겐 밤이 존재한다. 당신은 그저 밤의 도움을 받아 당신이 마음먹은 대로 무너지고 깨지고 다시 일어서기만 하면 된다. 바로 그것이 밤이 하는 주된 일이자 대단한 밤이 가진 어둠의 마법이다. 하지만 이렇게 완벽하기만 할 것만 같은 밤에게도 부정적인 면은 존재한다. 앙심을 눈덩이처럼 불어나게 만들거나 특정 누군가를 음해할 목적으로 음모를 계획하게 만드는 것 역시도 밤이 관장한다.

각설하고 그럼에도 우리는 밤 안에서 새롭게 일어서고, 잘못을 빌고, 용서하고, 벼르고 벼르던 사랑을 고백하면 된다. 어둠 속에서는 무슨 일도 일어날 수 있고 어떤 일도 받아들일 수 있다는 걸 우리는 이미 알고 있지 않은가. 그대여. 부디 깨어나라. 당신 자신을 믿어라. 한없이 너그러워져라. 그리고 밤이 가진 마법을 마음껏 즐겨라. 밤에 대한 찬사는 여기까지.

아무튼 나는 대내외적으로는 모두가 잠들었을 은밀하고 고요한 밤 공간에 내 발자국 소리가 퍼져 나가지 않도록 신경 써서 사뿐사뿐 발걸음을 뗐다. 곧이어 밤의 정막 속에서 달과 바람과 땅이 나누는 대화가 들려오기 시작했다.

"자기들 별빛이 가려진다고 불평이 장난 아니야. 징징대는 소리 정말 시끄러워 죽겠어."

달이 말하자 듣고 있던 바람이 대답했다.

"알아. 안다고. 그래서 이렇게 열심히 밀어붙이고 있잖아. 후우. 구름! 너희들 좀 저리 가. 오늘은 별빛들 차례야. 후우. 후우. 후우우욱."

둘의 대화에도 땅은 아무 말도 보태지 않고 가만히 듣고만 있었다. 달과 바람은 그런 땅을 닦달하듯 쏘아보며 자기들 대화에 동참하길 종용했지만 땅은 그럴 생각이 없었다. 그저 "허허허." 하고 웃을 뿐이었다. 땅의 반응을 짐작했던 나는 나도 모르게 피식하고 웃고 말았다. 그러자 이번엔 달과 바람이 대놓고 땅과 나를 싸잡아 노려보기 시작했다. 내가 막 멋쩍어지려던 바로 그때였다. 느닷없이 밤의 정막을 찢어대는 위협적인 소리가 들려왔다. 빌라촌 입구 골목 끝에서 저돌적인 라이트 불빛을 쏘며 오토바이 한 대가 우리를 향해 진격해 오고 있었다. 달과 바람과 땅은 누가 먼저랄 것도 없이 서둘러 귀를 막았고 소리에 예민한 나 역시도 귀를 막으면서 본능적으로 길 안쪽으로 대피했다. 우리는 저절로 인상을 쓰게 만드는 불쾌한 소음이 가까워져서 몹시 괴로웠다. 간발의 차로 나를 스쳐 간 진격의 오타바이는 미친 굉음을 마저 토해 내며 우리 시야에서 점점 작아져 갔다.

"몰상식한 사람들 같으니라고. 이런 성스러운 야밤에 뭘 또 처 먹겠다고 이 난리 통을 만드는 거야. 부디 짜디짠 배달 음식 잔뜩 먹고 내일 아침엔 그 못난 얼굴 보름달마냥 띵띵 부어라. 그 붓기 저녁까지 갈지어다."

진심을 다해 저주를 퍼붓는 나를 보며 달과 바람과 땅은 재미있어 했다. 오토바이 하나 때문에 그동안 과묵으로 쌓아올린 내 공든 탑이 한순간에 무너져 내렸다. 망했다. 이런 기분으로 산책을 이어 가기에는 무리가 있다. 나는 얼렁뚱땅 그들에게 인사를 건넸고 그들은 "안녕. 친구." 하며 나와의 아쉬운 작별을 받아들여 주었다. 나는 끝내지 못 한 밤 산책의 찝찝함을 뒤로하고 오던 길을 되돌아 걷기 시작했다. 오피스텔 앞까지 돌아오는 건 금방이었다. 남은 긴 밤을 어찌 보내야 할지 막막해하며 주차장 입구로 들어서다가 우연히 흡연 구역 근처에서 낯선 무리를 목격했다. 딱 봐도 현격한 체급 차이를 보이는 도둑고양이 네 마리가 새끼 고양이 한 마리를 둘러싼 채 괴롭히고 있었다. 잔뜩 겁에 질린 치즈색 새끼 고양이는 울지도 못하고 그 작은 몸뚱이를 애처롭게 바들바들 떨었다. 외면할 생각이었다. 왜냐하면 나는 고양이를 별로 좋아하지 않기 때문이다. 무조건 주인에게 충성하는 개와 달리 고양이의 그 변덕스러운 심기는 정말이지 종잡을 수가 없다. 이해할 수 없는 자기만의 독특한 발진 타이밍에 꽂혀서 날카로운 발톱을 세우고 피를 보게 만든다. 끝내 집사의 마음에까지 상처를 입히고 마는 안하무인인 족속들. 그들이 바로 고양이다.

'나는 아무것도 못 봤다. 못 본 거다. 이상하게 오늘은 정말! 너무! 피곤하네.'라고 마음속으로 중얼거렸다. 그렇게 스스로에게 최면을 걸며 부자연스럽게 고개를 돌리려던 순간. 무리의 대장으로 보이는 검은 고양이 앞발이 칼날처럼 솟아나는 게 눈에 들어왔다. 이대로 외면한다면 저 가여운 치즈색 새끼 고양이는 치명타를 입을 게 뻔했다. 젠장. 나의 정의로움이 내 취향을 이기고 저절로 급발진하기 시작했다. 나는 마치 마블에 등장하는 히어로처럼 멋지게 날아서 곤경에 처한 주인공 새끼 고양이 앞을 막아섰다. 갑자기 등장한 예상 못 한 방해물에 당황한 검은 고양이의 발톱이 그대로 내 정강이를 긁고 지나갔다. 살짝 화끈거렸지만 히어로는 동요해선 안 된다. 나는 내 포즈가 흐트러지지 않도록 유지하고 제압의 눈빛을 발사하며 검은 고양이를 노려보았다. 정의로운 내 눈빛이 말했다. '약자를 괴롭히는 건 용서할 수 없다. 이건 양아치들이나 하는 짓이야. 너 양아치냐? 그리고 이건 누가 봐도 쪽수부터가 반칙이야. 반칙!'

이어 무게 있는 나의 중저음으로 양아치들을 향해서 엄중하게 경고했다.

"나를 감당할 수 있겠나?"

순간 검은 고양이의 눈빛이 흔들렸다. 나와의 싸움이

승산이 없다는 걸 알아차린 눈치였고 다행스럽게도 고양이 떨거지들에게 "후퇴. 후퇴다!"라고 말하는 것 같았다. 대장 검은 고양이는 뒷걸음질을 치면서도 나와의 눈싸움을 이어 갔다. 내 얼굴을 똑똑히 기억해 두었다가 어떤 식으로든 기필코 복수하고 말겠다는 악당들의 식상한 그 눈빛이었다. 어쨌든 서늘한 눈빛이 어둠 속으로 들어가자마자 다른 고양이들도 눈 깜짝 할 사이에 내 시야에서 사라졌다. 아무도 다치지 않은 원만한 마무리가 아닐 수 없었다. 상황 종료라는 안도감에 아주 잠깐 내 자존감이 올라갔지만 언제 도발해 올지 모를 검은 고양이의 해코지가 아주 약간 신경 쓰였다. 그리고 받아들이고 싶진 않지만 내 곁에는 나한테 홀딱 반한 새끼 고양이가 남겨졌다. 나는 의도치 않게도 치즈색 새끼 고양이의 영웅이 되었다. 다시 한 번 말하지만 나는 정말 고양이를 좋아하지 않는다. 진심으로 어쩔 수 없이 작은 치즈 뭉텅이를 데리고 오피스텔 건물 입구로 향했다. 현관 센서등이 눈치 없이 우리를 반기며 잠시 켜졌다가 수줍게 꺼졌다.

비밀, 하나

저기 나의 그녀가 온다. 골목 안으로 들어선 그녀의 걸음걸이가 유쾌하고 바쁘다. 문도 열지 않은 커피숍 앞에는 아까부터 나 말고도 세 명의 남자가 더 기다리고 있었는데 그중 한 명은 연신 시간을 확인하다 안 되겠는지 방금 전에 총총히 사라졌다. 남자가 그렇게 지구력이 없어서야! 카페인에 내성이 생긴 사람들은 더 강력한 카페인을 찾아서 커피유목민처럼 여기저기를 떠돌아다닌다. 그러다 마침내 정신이 번쩍 들게 하는 커피 맛집을 발견한다. 그때부터 그들에게는 카페인 수혈을 기다리는 번거로움 쯤은 전혀 문제 되지 않는다. 나의 그녀는 질 좋은 원두를 아낌없이 썼기 때문에 그녀의 다크 커피는 고객들의 충성도가 높은 커피숍 시그니처 메뉴가 되었다. 그녀의 커피숍은 길가로 접한 이면이 통유리로 되어 있어서 개방감이 뛰어났다. 커피숍이라기보다는 편집숍이나 셀렉숍처럼 보이기도 했다. 센스 있는 그녀의 영업 방식은 적중했고 덕분에 오픈한

지 얼마 되지 않았지만 다양한 취향의 단골손님들로 가게 안은 늘 북적였다.

사랑스러운 그녀가 거친 숨을 몰아쉬며 막 커피숍 앞에 도착했다. 우리를 향해 자신의 지각에 대해 상냥한 사과를 하며 가게 문을 열자 경쾌한 도어 벨이 딸랑하고 울렸다. 그녀의 등장과 함께 정지해 있던 그녀의 공간에 생기가 돌기 시작한다. 테이블과 의자, 화분 그리고 그녀의 취향이 담긴 아기자기한 액자와 빈티지 소품들이 숨을 쉰다. 그녀의 하루가 시작되었다. 나의 하루도 시작되었다. 관심 없지만 어쨌든 커피중독자들의 하루도 순탄하게 시작되었다.

나는 그녀를 세 달 전쯤에 처음 만났다. 정확하게는 91일 14시간 27분 전이다. 나는 그때 우리 건물 1층 필로티 주차장 구석에 있는 내 애착의자에 앉아서 햇살을 받으며 식곤증을 쫓고 있었다. 그때 낯선 엔진 소리가 들리는가 싶더니 우리 주차장 안으로 하얀색 SUV 한 대가 미끄러져 들어왔다. 나는 내 휴식 시간을 방해받았다는 불쾌감에 살짝 기분이 언짢아지기 시작했고 때마침 오피스텔 탑 층에 사는 여자 건물주도 관리사무실에 내려와 있었다. 여자 건물주는 CCTV로 자기 성역에 침입한 낯선 차량을 확인하자마자 빛의 속도로 관리사무실에서 튕겨져 나왔다. 기인들만 사용한다는 그 축지법을 내 눈으로 직접 확인한 순간이었다. 커진 내 눈이 작아지기도 전에 여자 건물주는 차에서 내리는 그녀 앞에 당당하게 팔짱을 끼고 서 있었다. 여자 건물주의 뽀글이 파마 너머로 큰 키에 똑 단발을 한 그녀가 보였다. 그녀는 거슬리지 않는 목소리로 여자 건물주에게 자초지종을 설명했다. 우리 옆 건물 상가 주택 1층은 비어 있었고 며칠 뒤에 그녀가 그곳에 커피숍을 오픈할 거라고 했다. 오픈 준비가 한창인데 주차할 곳이 마땅찮아서 오게 되었다며 혹시 주차를 해도 괜찮겠냐고 물었다. 내 속마음이 대답했다. '당연히 괜찮지. 괜찮고 말고.' 하지만 여자 건물주는 우물쭈물하며 주차장 안을 둘러보기 시작했다. 거절 이유를 찾기 위해서 시간을 끌고 있는 게 분명했다. 다급한 내 속마음이 다시 끼어들었다. '어서 된다고 해. 무조건 되지. 저 여자를 그냥 돌려보낸다면 맹세코 우리 직원들을 모조리 섭외해서 주차장 곳곳에 노상 방뇨를 하고 다니겠어.' 내 위협이 닿았다. 여자 건물주는 딱히 거부할 명분이 없었다. 그날은 일요일이었고 우리 주차장은 빈자리로 널널했다.

분명 그녀의 똑 단발 때문이었다. 숱 많은 검은 머리가 햇살을 받아 현란하게 반짝이며 나를 유혹했다. 나를 사로잡았다. 그 순간 나는 태어나서 처음 본 축지법 목격에 이어 내 심장소리가 내 귀로 들리는 기이한 경험까지 했다. 심지어 불규칙한 내 심장 소리에 그녀의 목소리가 덧입혀지며 멋진 곡으로 탄생되는 것 같았다. 하지만 그런 낯선 감정을 즐기기엔 내가 너무 당황한 상태였고 무조건 그 상황을 피하고만 싶었다. 그래서 최대한의 신중을 기해서 최대한 자연스럽게 여자 건물주 뒤쪽으로 조용히 움직이기 시작했다. 맙소사. 오지랖이 만주 벌판인 여자 건물주가 대뜸 그녀에게 나를 소개했다. 미친 친화력을 가진 여자 건물주의 말투는 이미 편해져 있었다.

"여긴. 우리 무 대리라고 이 건물에 있어. 이웃이니까 잘들 지내면 좋지. 안 그래?"

"무 대리님. 안녕하세요? 가게 오픈하면 커피 드시러 오세요."

"아. 뭐. 예……. 예."

모르긴 몰라도 내 얼굴은 홍당무처럼 빨갛게 달아올라 있었을 거다. 매번 실패하는 그놈의 포커페이스를 유지했어야 했는데 그러지 못했고 그건 지금도 몹시 후회되는 대목이 아닐 수 없다. 잔인한 여자 건물주는 노총각인 내가 그녀 앞에서 쩔쩔매는 모습을 태연하게 지켜보며 즐겼다. 하아. 나는 그때만 떠올리면 대낮과 상관없이 당장이라도 이불 킥을 백만 번은 날릴 수 있다. 머저리, 바보, 똥 멍청이 같던 내 모습을 첫인상으로 간직하고 있을 그녀라니. 얼굴이 화끈거리다 못해 끝내 폭발해 버릴 수도 있을 것만 같다. 갱년기 증상이라고 이해하지는 말아 주길 바란다. 음. 아니다. 아니라고 말했다. 그 증상은 아직. 꽤. 한참이나 멀었다! 나는 원래가 대체로 이성적인 사람이고 그날은 그저 처음 느낀 감정들 때문에 아주 살짝 멘붕이 온 것뿐이었다. 어쨌든 운명의 그날 이후로 그녀와 나는 마주칠 때마다 가벼운 눈인사를 나눴고 날씨나 서로의 식사 여부를 물으며 지냈다. 커피를 마시지 않는 나는 그녀에게 좋은 손님은 아니었지만 사이좋은 이웃이 되는 데는 성공했다. 그렇게 나는 좋은 이웃을 가장한 채 그녀 주위를 맴돌며 서툰 내 사랑을 조심스럽게 키워 가고 있다. 처음 얼마 동안은 평생 겪어 본 적 없는 폭풍같이 몰아치는 감정의 회오리 때문에 무척이나 혼란스러웠다. 그리고 그 폭풍의 회오리에 익숙해지자 그녀를 보는 것만으로, 볼 수 있다는 사실 하나만으로도 정말이지 좋아서 어쩔 줄을 모르겠는 지경이 돼 버렸다. 솔직히 말하자면 이런 감정……. 내게는 초면임을 밝히는 바이다. 이 나이 먹도록 누군가를 하루 24시간 생각해 본 적도 없고, 누군가의 무작정 행복을 기도해 본 적 역시 전무하다. 나는 사랑에 빠졌다.

그녀가 내쉬는 모든 숨결과 그녀가 내뱉는 모든 말들과 그녀가 내딛는 모든 걸음걸음과 그녀의 작은 움직임 하나하나를 애정한다. 경애한다. 귀애한다. 흠모한다.

사랑한다. 그녀를 품은 이 세상과 그녀 앞에서 알짱거릴 수 있는 내 처지와 그녀가 지배하는 나의 모든 밤들을 애정한다. 경애한다. 귀애한다. 흠모한다. 사랑한다.

그녀를 향한 내 마음은 제 아무리 다르게 말해도 결국은 사. 랑. 한. 다로 되돌아왔다. 사랑이라는 흔한 단어로 뭉텅 그려 표현하기에는 내가 가진 이 감정보다 뭔가 턱없이 부족하고 억울하지만 그래도 사랑뿐이다. 혹시라도 사랑이라는 단어를 뛰어넘는 훌륭한 단어를 그대가 알고 있다면 내게 귀띔해 주기를.

어느 식상한 순애보가 그렇듯 나는 내 사랑이 끝내 이루어질 수 없는 사랑이래도 이렇게 그녀를 바라볼 수 있는 것만으로도 충분히 행복할 수 있다. 면 거짓말. 거짓말.

"미치도록 이 넓은 가슴에 그녀를 한가득 안고 싶다."

나는 하루에도 몇 번씩 그녀의 커피숍 주변을 서성거린다. 적당한 거리를 유지하면서 그녀를 만나고 느끼며 알아 가고 있다. 나만의 방식으로 그녀를 지키는 중이다. 혹시라도 그녀가 슬픔에 빠져 있는 건 아닌지. 고민 같은 게 생긴 건 아닌지. 커피숍에 들이닥친 진상 손님 때문에 곤욕을 치르고 있는 건 아닌지를 매 순간 내 눈으로 확인하고 또 확인했다. 그래야 마음이 놓였다. 숨이 쉬어졌다. 하지만 그녀는 내가 이렇게 심각한 중증의 상태라는 사실을 까맣게 모르고 있다. 모르는 게 당연하지. 아직 그녀에게 고백하지 않았으니까. 언젠가는 이런 내 마음을 고백할 날이 오겠지만 당분간은 고백하지 않을 생각이다.

나는 그녀와 사랑에 빠진 죄로 갈수록 눈치가 빨라졌고 행동이 부지런해졌다. 을의 삶은 고달프다. 상대의 의사와 관계없이 추진한 일방적인 사랑이란 감정은 온전히 먼저 사랑에 빠진 을이 감내해야 할 번거로움이다. 내가 견뎌야 할 설레지만 슬픈 감정 소모다.

비밀, 둘

지금부터 내가 하는 얘기는 그대의 항마력을 테스트해 볼 수도 있다. 준비됐나? 그럼 시작하겠다. 사람들은 때때로 나를 무 대리가 아닌 넘사벽 얼천이라고 불렀는데 내 외모가 인간의 능력으로는 절대로 뛰어넘을 수 없는 불멸의 대상이라는 사실을 그들도 인정하는 듯했다. 내가 가진 이 비현실적인 외모를 칭송할 길이 없어서 생겨나는 해프닝이다. 덕분에 굳이 내 입으로 설명해야 하는 수고로움이 줄었고 어쨌든 그들 눈에는 내가 만년에 한 번 나올까 말까 하는 미남 중의 미남으로 각인되었다나 뭐라나. 신조어 생성에 앞장선 우리 MZ 세대의 센스 있는 학구열에 진심으로 경의를 표하는 바이다. 내 입으로 밝히긴 여전히 쑥스럽지만 내 미모는 자타 공인의 경지쯤에 있다. 모두가 탐낼 만하고 내가 봐도 나는 아주 썩 출중하다. 우주를 품은 듯이 매력적이고 깊은 눈동자와 황금 비율로 제자리에 설계된 조화로운 이목구비, 거기에 군살 하나 없이 탄탄하고 유려한

몸매까지. 이 모두를 겸비한 부러움의 대상이 바로 나. 무 대리란 말씀. 신은 결코 공평하지 못하다. 내게만 그 모든 걸 올 인하셨다.

“신을 대신해 사과하마. 평범한 너희들에겐 내가 정말 미안하게 됐다.”

내가 있는 이곳은 나의 일터이자 동시에 내가 생활하는 집으로 드라마나 영화 같은 영상 매체를 만드는 제작사들이 모여 있는 오피스텔 건물 3층이다. 우리 회사는 공기업이나 일반 중소기업의 홍보 영상을 제작하는 소규모 제작사인 원더미디어라는 회사다. 나까지 포함해서 7명이 직원의 전부다. 직원들은 모두 공식적인 채용을 통해 입사한 수재들이었지만 나는 우리 회사 대표님 빽으로 들어오게 되었다. 대표님은 내가 가진 재능을 단번에 알아볼 만큼 천부적인 눈썰미를 지닌 사람이었고 직원들은 낙하산인 나를 흔쾌히 동료로 맞아줄 만큼 하나같이 착했다. 영상 쪽 일을 해 본 적은 없었지만 대표님 덕분에 나는 나도 몰랐던 영상장이의 피가 흐르고 있다는 사실을 알게 되었다. 나는 기획 단계부터 애를 먹는 동료에겐 시나리오 아이디어를 던져 주기도 했고, 최종 수정을 앞둔 영상에는 기발한 의견도 어필했다. 무슨 이유에서인지 내 의견은 매번 적중했고 사람들은 그런 나를 사랑할 수밖에 없었다. 뿐만 아니라 크고 작은 인생 고민들로 불안정한 멘탈을 호소하는 사람들이 하나둘 나를 찾아오곤 했는데 그들은 그저 나와의 짧은 교류만으로도 안정을 되찾고 웃으며 돌아갔다. 때문에 나의 턱없이 부족한 업무량과 회사 내에서 숙식이 제공되는 특별한 내 근무 조건에 문제를 제기하는 사람은 한 사람도 없었다. 나는 원더미디어에서 나아가 우리 건물에서 없어서는 안 될 키맨으로 굳건하게 자리 잡았다.

하지만 이런 내게도 그들에게 말할 수 없는 어마어마한 비밀이 하나 있다. 원더미디어의 낙하산 대리가 아닌 내가 가진 진짜 본업. 놀라지 마시라. 사실 나는 저승과 이승 사이에서 중간자 역할을 맡고 있는 수많은 정령 중에 하나인 밤의 정령이다. 나는 생물과 무생물을 비롯한 모든 사물과 소통이 가능하고 육신을 떠난 영혼을 볼 수도 있으며 천지와 만물의 기운과도 통해있다. 달과 별과 땅이 내 친구인 이유다. 눈치 챘겠지만 그런 내게도 약점이 하나 있다. 무슨 이유에서인지 고양이들의 언어만큼은 들리지 않는다는 것이다. 밤의 정령인 나조차도 소통 불가인 하늘 아래 유일한 존재. 그들의 말을 이해할 수도 없고, 속을 알 수도 없기 때문에 가능하면 멀리하고 싶은 그런 존재. 정말 인정하고 싶진 않지만 고작 고양 같은 요물 따위가 내 약점이다.

밤의 정령인 내게 낮 시간은 대체로 무료하다. 따뜻한 곳에서 내가 맡은 정령의 막중한 임무에 대해 고찰하거나 그도 아니면 분주할 밤을 대비해 체력을 비축하며 최대한 정적으로 유지할 필요가 있기 때문이다. 정령이란 직업은 본래 극도의 체력을 필요로 한다. 그렇게 낮 동안의 시간을 보내고서 마침내 개와 늑대의 시간이 되면 그제서야 비로소 나를 이룬 모든 세포들에게 임무가 주어진다. 심신이 온전히 깨어나 기지개를 켠다.

"움직일 시간이다."

해가 지면 더 포근한 공간으로 변해 있는 그녀의 커피숍 앞에 선다. 노란 불빛들이 통유리를 뚫고 눈부시게 쏟아져 나온다. 그 너머로 좋아서 죽겠는 눈빛으로 서로를 바라보는 연인의 모습이 보여서 잠깐이지만 그들이 부럽다. 사랑은 분명히 달콤한 게 확실하다. 그녀의 커피숍은 사람들이 드나들 때마다 열리고 닫히는 출입문 사이로 진한 보라색 커피 향과 갓 구운 다홍색 빵 냄새가 났다. 때마침 딸랑 소리를 내며 문이 열렸고 방금 전까지도 눈꼴사나운 애정 행각을 벌이던 커플 중 여자 손님이 거칠게 나왔다. 문이 채 닫히기도 전에 무척 다급한 남자가 여자를 따라 나왔다. 음. 사랑은 생각보다 훨씬 변화무쌍하고 어려운 게 확실하다고 학습하던 순간 출입문 틈으로 새어 나온 기분 좋은 냄새가 내 콧속을 노크해 왔다. 나는 그 냄새를 놓칠세라 숨을 크게 들이마시며 폐 속까지 빨아들였다. 내 가슴이 풍선처럼 빵빵하게 부풀어 올랐을 무렵 하필이면 그녀와 눈이 마주쳤다. 나는 '휴우' 하고 얼른 공기를 내뱉었다. 그녀가 나를 향해 상큼한 미소를 지어 보였다. 나를 환장하게 만드는 저 미소 한 스푼. 두 스푼. 그녀의 미소를 먹은 내 위에는 포만감이 차올랐다. 참으로 은혜로운 순간이 아닐 수 없었지만 나는 애써 벅찬 감정을 누르고 고개를 까딱하며 눈인사로 화답했다. 그리고 끝내지 못한 중요한 일이라도 있는 사람처럼 그녀의 미소를 뒤로하고 쿨 하게 돌아섰다. 7시에 문을 닫는 그녀는 곧 마감 준비로 바빠질 터였고, 그녀가 없는 커피숍은 내일 아침까지 아무 문제없이 안전할 거였다. 부정한 기운들로부터 나의 그녀를 지킨다. 나의 그녀의 커피숍을 지킨다. 나의 그녀의 커피숍이 있는 여기 합정동을 지킨다. 그렇게 막중한 임무를 곱씹자 내가 내딛는 발걸음 하나하나마다 당찬 힘이 실렸다.

“친구. 살살해. 살살. 그러다 발목 나가겠어.”

내가 걱정스러웠던 땅이 말을 걸어왔고 나는 아주 작은 소리로 대답했다.

“모퉁이 돌 때까지만 봐 줘. 그녀가 보고 있잖아.”

“행운을 빌어.”

땅의 격려가 적잖은 위안이 됐지만 존재감 없이 가볍기만 한 가로등과 화분들은 키득거리며 웃었다. 비웃는 그들을 외면하며 당당하게 모퉁이를 막 돌아섰을 땐 정체를 알 수도 없이 더러운 음식 국물을 뒤집어 쓴 음식물수거함마저 배꼽을 잡고 웃어대기 시작했다. 부자연스러웠던 내 걸음걸이가 정상으로 돌아왔다. 때마침 내 머리 위를 지나던 까마귀가 나를 발견하고 허공에 잠시 멈춘 채 날개를 파닥이며 말을 걸어왔다.

“어이. 밤의 정령. 그들이 곧 움직일 거란 소식 들었어?”

나는 까마귀를 쳐다보지도 않고 대답했다.

“내가 있는 한 그들은 아무 짓도 할 수 없어. 안심해.”

까마귀는 보나마나 내 말에 어이없는 표정을 지었을 거다. "별 거 아닌 여자한테 꽂혀서 허세만 늘었어. 눈이 멀었네. 멀었어. 다른 정령을 기다려야겠네. 아이고. 내 팔자야." 하며 내 가슴에 날카로운 비수를 꽂는 말을 남기고서 미련도 없이 휙 날아가 버렸다. 까마귀의 날개에서 떨어져 나온 쓸모없어진 깃털 하나가 세상에 작별을 고하며 살랑살랑 내 머리 위로 떨어졌다.

정. 면. 돌. 파.

나는 그녀의 커피숍 오픈과 동시에 내가 그녀를 자연스럽게 볼 수 있는 장소를 신중하게 물색했었다. 그리고 마침내 완벽한 장소를 찾아냈다. 그녀의 커피숍 건너편 빌라 앞쪽에는 큰 화단들이 놓여 있었는데 화단의 역할은 외부 차량의 개구리주차조차도 허용하지 않는 게 주된 목적이었다. 나는 그런 발상을 해낸 건물주의 해안이 눈물 나게 고마웠다. 심지어 그 화단들은 성인 남자가 앉기에도 끄떡없는 견고함까지 탑재하고 있었다. 때문에 동네 사람들 누구나 그 화단에 앉아서 쉴 수 있었고 그 말은 내가 그 자리에 앉아서 그녀를 몰래 훔쳐본다 해도 전혀 이상해 보이지 않는다는 말이었다. 그리고 그곳에 앉아 있는 나는 언제든 그녀에게 발각된다는 말이기도 했다. 그동안 화단 의자를 애용해 온 사람들에겐 미안한 말이지만 이제 화단 의자는 내 것이다! 그녀가 저 자리에서 커피를 파는 한 그 누구와도 공유할 수 없는 오직 나만의 것! 내 사랑에 우리 사랑에 안성맞춤인 명당이다.

오늘만 벌써 네 번째. 나는 또 화단에 걸터앉아 휴식 중인 척 연기를 하며 마음 놓고 그녀를 훔쳐본다. 치밀하게 짠 큐시트대로 내 얼굴이 가장 잘생겨 보이는 각도로 얼굴을 틀었고, 긴 다리도 무심하게 쭉 뻗고서 내가 가진 매력을 마음껏 발산한다. 강력하게 어필해 본다. 그녀는 주문을 받거나 커피를 내리면서 수시로 여기 앉아 있는 나와 마주친다. 셀 수도 없을 만큼 그녀와의 짜릿한 눈 맞춤을 원하지만 그럼에도 나는 한두 번 정도만 그녀와 눈을 마주쳐 준다. 결코 나는 쉬운 남자가 아니라는 사실을 그녀가 자연스럽게 습득할 수 있도록. 착실한 내 사랑은 오늘 하루도 알차게 채워졌다. 내일도 모레도 꼭 오늘처럼만 채워지기를 희망한다. 내 간지러운 마음이 하루빨리 그녀에게 가 닿기를 희망한다.

나는 이른 새벽까지 잠들지 못하고 깨어 있었다. 내 예감대로 까마귀의 엄살은 기우였다. 내 주변에서는 아무 일도 일어나지 않고 일상다운 일상이 흘러가고 있다. 지극히 정상적이다. 생각이 정리되자 갑자기 온몸이 나른해지면서 잠이 쏟아져 왔다. 막 까무룩 하려던 순간 갑자기 빗소리가 들려오기 시작했다. 나는 일어나서 사무실 창문을 통해서 밖을 확인했다. 온 동네가 이미 흠뻑 젖어 있었다. 비는 아까부터 내렸고 나는 생각에 집중하느라 그 사실을 깨닫지 못한 거였다. 비가 내린다. 내가 싫어하는 비가 내린다. 지금 밖에는 수다스러운 비가 내리고 있고 그 비는 보나마나 오늘 하루 종일 나를 성가시게 만들고 나를 불편하게 만들 거였다. 다시 침대로 돌아와 누웠다. 곧 이 아늑한 이불 속 보송함은 온데간데없이 사라지고 대신 습하고 눅눅하고 축축해진 잠자리가 내 체온을 빼앗아갈 거다. 얼마 남지 않은 시한부 보송보송 이불이 보송보송하게 날 유혹해 왔고 나는 그 유혹에 넘어갔다. 나는 대체로 유혹에 약한 편이다.

단잠이 길었다. 우산도 쓰지 않고 요리조리 비를 피해서 커피숍으로 향했다. 내가 있는 오피스텔 건물 입구에서 그녀의 커피숍까지는 정확히 53m 떨어져 있다. 한차례 손님이 빠져나간 커피숍은 한가했고 창가 쪽 1인석에 앉은 그녀는 비가 내리는 창밖을 바라보고 있었다. 나는 재빨리 그녀의 표정을 살폈다. '짜증 묻은 표정이어라. 슬픈 표정이어라. 나처럼 비를 싫어해서 어쩔 수 없이 우리는 피할 수 없는 천생연분 운명이어라.' 젠장. 내 바람과는 달리 그녀는 평온하다 못해 행복해 보이는 표정이다.

"그녀는. 비를 좋아한다……."

을에게는 갑의 취향을 존중할 의무가 있으므로 용기를 내서 비를 맞아 보기로 한다. 톡. 톡. 톡. 빗방울이 나를 두드리기 시작했다. 투둑. 투둑. “반가워.” 빗방울이 머리 위로 떨어지며 말했다. 투둑. 투둑. 투둑. “너도 외롭구나.” 이번엔 어깨 위로 떨어지며 말했다. “나에게 너를 맡겨 보렴. 내 음이온들이 너의 마음을 평온으로 가득 채워 줄 거야.” 나는 비의 말에 저항하지 않고 빗속에 그대로 나를 두었다. 비는 내 온몸 구석구석을 두드리며 빗방울 옷을 입히기 시작했다. 견딜 만했다. 그리고 얼마 지나 몽땅 젖어 버린 내 몸을 포기해 버리자 정말 거짓말처럼 홀가분한 마음마저 들었다. 미운 상대는 그냥 사랑해 버리면 된다는 단순한 진리를 피부로 실감한 순간이었다.

“이제부터는 너를 싫어하지 않겠어. 그동안 본의 아니게 미안했다.”

때때로 밤의 정령인 나조차도 평범한 인간들과 다를 것 없는 우를 범하기도 한다. 비에 대해 잘 알지도 못하면서 단지 성가시다는 편견의 잣대만 들이대고 비로부터 멀어지기 위한 변명들만 늘어놓기 급급했던 나 자신이 부끄러웠다. 다행히도 다정한 비는 그런 나를 책망하지도 않고 내가 서툴게 내민 손을 기꺼이 잡아 주었다. 나는 현명한 나의 그녀 덕분에 싫어하던 비와 친구가 되었고 내 사랑 그녀와도 한 걸음 더 가까워졌다. 그녀가 알고 싶어서 시작한 연애였지만 결국은 나란 사람이 어떤 사람인지 알아가고 있다고 할까. 내 일상은 그녀를 만나기 이전과 이후로 명확하게 구분된다. 나는 그녀를 만나고부터 고질적으로 가지고 있던 조급함이 사라졌고 취향이 유연해졌고 마음 씀씀이도 너그러워졌다. 나의 대부분을 채우고 있던 비판과 책망의 마음 따위가 눈 녹듯이 녹아내렸다. 뿐만 아니라 아직 개발되지 못하고 잠재되어 있던 내 장점들이 미친 듯이 앞다투어 존재감을 드러내고 싶어 했다. 불안정하고 보잘것없던 나는 이제 그녀 곁에 있어도 전혀 손색이 없을 만큼 매우 괜찮은 남자로 진화하고 있는 게 확실했다. 그대. 지금 그대 자신이 볼품없고 무능하고 매력 없는 존재로만 느껴지는가? 나처럼 근사한 사람이 되고 싶은가? 원하는가? 그렇다면. 나처럼 사랑에 빠져 보길 바란다. 그대가 용기를 내서 누군가를 사랑할 마음을 먹는다면 머지않아서 내 말처럼 근사한 그대 자신을 발견하는 놀라운 경험을 하게 될 것이다. 하지만 반드시 두 가지는 명심해야 한다. 그 사람과 함께 있는 그대가 그 사람의 눈치를 보는 건지 배려를 하는 건지를 구분할 것! 만약 눈치를 보고 있는 거라면 미련도 두지 말고 뒤돌아 설 것! 제아무리 곁에 두고픈 사람이라고 해도 그대를 눈치 보게 만드는 사람이라면 애석하지만 그 사람은 그대의 상대가 아니다. 하지만 실망하지 마라. 그대의 짝은 반드시 어딘가에 존재하고 있다는 우주의 섭리를 믿고 따르라. 나를 믿으라. 그대여. 부디 행동하라. 경이로움으로 가는 그 첫발을 내딛어 보라.

그녀가 있는 나의 세상은 더없이 아름답고 찬란하게 빛이 났다. 이유 없이 자꾸만 미소가 지어지고 자꾸만 실실 웃음이 새어 나왔다. 꼬리가 길면 잡힌다. 잡혔다. 내 변화를 알아챈 건 눈썰미 좋은 우리 회사 대표님이었다. 궁금한 건 절대로 참지 못하는 [뭔데 지옥]에 빠져 있는 대표님은 기어이 주차장 흡연 구역에 있는 재떨이 화분으로 나를 불러냈다. 그의 호출을 받고 건물 입구로 내려왔을 때 그는 내가 가진 비밀을 공유할 수 있다는 기대감에 잔뜩 부풀어서 발을 동동 구르며 초조하게 담배를 피우고 있었다. 대표님의 콧구멍과 입에서는 유해한 회색 구름들이 몽글몽글 퍼져 나왔다. 대표님은 나를 발견하자마자 방금 전까지 그렇게 애지중지하던 담배를 무지막지하게 비벼 껐다. 자고로 남자는 한결같아야 하는 건데. 기회주의자 대표님이 말했다.

"무 대리. 너 뭐 있지? 나한테만 풀어 놔 봐. 뭔데? 응? 나 입 무거운 거 몰라? 뭐야. 뭔데? 도대체 뭔데? 그게 뭔데?"

대표님이 끈질기게 나를 회유했지만 이번만큼은 절대로 넘어가지 않을 작정이었다. 나는 대표님이 유혹하는 [뭔데 지옥]에 빠지지 않기 위해서 정신을 바짝 차렸다. 그리곤 어색하지 않게 어깨를 으쓱하며 아무 일 없다는 몸짓을 해 보였다. 당황한 대표님은 그럴 리가 없다는 듯 내가 움찔 물러설 만큼 부담스럽게 내 얼굴 가까이로 다가왔다. 작은 실마리라도 찾으려는 듯 내 표정 하나하나를 살피기 위해 눈알을 현란하게 굴렸지만 이내 서운한 표정을 지어 보였다. 짜릿했다. 드디어 내가 [뭔데 지옥]을 이겼다! 나는 마음속으로 승전보를 울리며 대표님을 두고 유유히 돌아섰다. 포기를 모르는 대표님은 다시 담배 한 개비를 애지중지 꺼내서 불을 붙였고 내 뒤통수에 대고 중얼거렸다.

"아닌데. 있는데. 분명히 뭔가 있는데. 뭐지. 뭘까. 도대체 뭐야? 조심해라. 무 대리! 조만간 기필코! 내가 알아낸다! 그 뭔데가 뭔지!"

당장의 상황은 모면했지만 대표님의 말대로 나는 이제 조심해야 한다. 입 싼 대표님한테 발각되는 건 시간 문제다. 나는 조만간 내 짝사랑을 끝낼 때가 왔다는 걸 인정하며 심기일전하기로 마음먹었다. 그리고 꼬박 하루가 걸려서 고민에 고민을 거듭했고 마침내 그녀가 좋아할 만한 선물을 생각해 냈다. 일사천리로 선물 준비까지 끝냈다. 모든 것이 완벽하다. 나는 나의 미친 센스와 추진력을 칭찬해 주었다. 내가 준비한 기막힌 선물을 받고 기뻐할 그녀를 떠올리자 기분이 날아갈 듯이 째졌다.

"부디 머저리, 바보, 똥 멍청이 같던 나는 잊어라."

시간은 그런 내 마음도 모르고 오늘 따라 유난히 더디게 흘러갔다. 나는 아무 일도 손에 잡히지 않아서 안절부절 해야 했다. 그녀의 퇴근 시간을 기다리는 일은 생각보다 훨씬 지루했다. 그리고 뭔데 꼬투리를 잡겠다고 실눈을 뜨고 내 일거수일투족을 감시하는 대표님을 속이기 위해 연기하는 것도 슬슬 지쳐 가고 있었다. 하지만 꾹 참았다. 일생일대의 거사를 앞둔 나는 엄한 데다 정신을 분산시켜서는 안 된다. 자칫 일을 그르칠 수도 있다. 나는 마음을 다잡으며 나보다 훨씬 이전에 사랑에 빠졌던 유명한 사람들이 말하는 사랑의 정의를 되새김했다. 사랑은 오래 참고 사랑은 온유하며 투기하는 자가 되지 아니하며…… 사랑은 모든 것을 견디느니라. 그렇다. 사랑은 타이밍! 타이밍이다. 고로 나는 그 타이밍까지 기다려야 한다. 절대 서둘러서도 안 되고 게을

러서도 안 된다. 오직 적절한 타이밍만이 내 사랑을 성공으로 보답해 줄 수 있다. 그렇게 시계 초침만 응원하기를 반나절. 드디어 그녀의 퇴근 시간이 되었다. 행. 동. 개. 시. 다.

나는 일부러 커피숍 안으로 들어가지 않고 출입문 밖에 서서 그녀를 지켜보았다. 정리를 마친 그녀는 혹시 놓친 게 없는지 커피숍 안을 천천히 둘러보다가 문 밖에 서 있는 나를 발견했다. 오매불망 기다리고 또 기다리던 순간이었다. 하루 종일 얼마나 애타게 기다렸는지 내 입에서는 단내가 느껴졌다. 나는 그녀의 눈을 피하지 않고 그윽하게 바라보았다. 그러자 그녀가 머금고 있던 미소가 흐릿해지더니 어리둥절한 표정으로 나에게 집중해 왔다. 지금. 지금이다! 하루 종일 수도 없이 시뮬레이션 한 대로 준비한 선물을 근사한 동작으로 우아하게 문 앞에 가만히 내려놓았다. 내 행동에 당황한 그녀는 가뜩이나 큰 눈을 더 크게 떴고 새까맣게 깜박거렸다. 당장이라도 내 몸을 던져서 빠지고 싶게 만드는 새까만 눈동자 호수였다. 침을 꼴깍 삼켰다. 그녀는 믿어지지 않는 듯 조심스럽게 오른손을 들어 검지로 자기를 가리켰다. 딩동댕. 정답! 나는 고개를 끄덕이며 말했다.

"받아 주렴. 너를 향한 내 마음이야."

감격한 표정으로 쪼르르 달려 나온 그녀는 내가 건넨 선물을 보며 세상이 환해질 정도로 활짝 웃어 보였다. 내 마음은 그녀에게 전달되었고 그 마음을 그녀가 기쁜 마음으로 받아 주었다. 나는 그녀가 눈치 채지 않도록 아주 자연스럽게 고개를 까딱하며 달에게 신호를 보냈다. 대기하고 있던 달이 내 신호를 놓치지 않았기를 바라며 초조하게 기다렸다. 잠시 뒤 그녀와 내 머리 위로 곱디고운 일곱 빛깔 별똥별이 비처럼 쏟아져 내리기 시작했다.

"내 마법의 나라에 온 걸 환영해."

그날 이후 나를 바라보는 그녀의 눈빛은 한층 더 깊어

졌다. 나를 향한 애정이 담겨져 있다고 할까. 뭐라고 형언할 순 없지만 그건 나만 알아 챌 수 있는 미묘하고 기분 좋은 변화가 확실하다. 불특정 다수 손님들에게 뿌리는 영업용 미소와는 차원이 달랐고, 그녀가 진심을 다해서 나에게 호감을 표현하고 있다는 걸 나는 알 수가 있었다. 달라진 그녀는 예전보다 좀 더 오래 나를 바라봤는데 그건 그녀가 나와 함께 행복해질 마음의 준비를 끝냈다는 신호이기도 했다. 내 사랑 그녀가 드디어 나와의 사랑을 시작할 웜 업을 끝냈다. 사랑이라는 대장정 서사를 써 내려갈 준비를 마쳤다.

비밀, 셋

숨을 다시 깊이 들이마셨다. 공기가 다르다. 어딘가 모르게 칙칙하고 묵직했다. 나는 날씨를 확인하기 위해서 얼른 사무실 창밖을 확인했다. 구. 름. 한. 점. 없. 이. 맑. 다! 순간 불길하게도 까마귀가 했던 말이 떠올랐다. '그들이 곧 움직일 거래.' 가슴이 철렁 내려앉았다. 혹시 그녀에게 무슨 일이 생긴 건가 싶어서 불안해진 나는 곧장 사무실을 뛰쳐나갔다. 대표님이 뒤에서 부르는 소리가 들렸지만 지체할 시간이 없었다. 그녀가 있는 커피숍을 향해 달리고 달렸다. 고작 53m 떨어진 커피숍까지의 거리가 유난히 멀게만 느껴졌다. 커. 피. 숍. 커피숍이다. 서둘러 걸으면서 통유리 안으로 그녀의 모습을 찾았지만 그녀는 보이지 않았다. 분명히 오전엔 영업을 하고 있었는데 어쩐 일인지 그녀가 없다. 그녀도 손님도 아무도 없다. 불편한 긴장이 온몸에서 느껴졌다. 마른 침을 삼키면서 천천히 커피숍 입구로 다가갔다. 그제 서야 출입문에 붙어 있는 메모지 한 장이 눈에 띄었다. 그녀는 급작스러운 중요한 볼일이 생겨서 일찍 커피숍 문을 닫는다고 했다. 내일 다시 만나자는 말도 잊지 않았다. 그녀가 사라진 이유를 확인하고 나자 까먹고 있던 숨이 쉬어졌다. 동시에 긴장이 한꺼번에 풀리면서 내 다리는 종잇장처럼 힘을 잃었고 나를 그 자리에 털썩 주저앉혔다. 당장이라도 입 밖으로 튀어나올 것만 같은 심장을 달래느라 규칙적으로 숨을 쉬어야 했다.

어느 정도 진정이 된 나는 일어나서 오피스텔로 향했다. 한 걸음 한 걸음 걸음을 내딛기도 힘에 부쳤다. 내가 창조한 [가짜 지옥]에 보기 좋게 농락당한 꼴이라니. 하지만 진짜 지옥이었대도 흡사 이런 종류의 고통이 아닐까 하는 생각이 들었다. 바보 같은 내 몰골이 어이없어서 헛웃음이 새어 나왔다. 까마귀가 말한 것처럼 내가 눈이 먼 건 확실하다고 인정할 수밖에 없었다. 그 순간 등 뒤로 장난스러운 햇살이 내 그림자를 마음대로 늘리며 말을 걸어 왔지만 날 놀릴게 뻔해서 그냥 내 귀를 막아 버렸다. 그나마 입이 무거운 땅을 의지한 채 내 발끝만 보고 걸었다. 그렇게 주차장 입구로 들어섰을 때. 갑자기 휙 하는 바람 소리와 함께 순식간에 낯선 세 사람이 나타나 내 앞을 가로막으며 나를 에워쌌다. 상황 파악이 되지 않아서 내 머릿속은 하얗게 비워졌고 주인을 위해 무언가를 해야 하는 우주를 닮은 내 눈동자만 바쁘게 움직였다. 나는 막고 있던 귀에서 손을 뗐다. 또 다시 심장이 빨리 뛰었다. 완. 전. 히. 포. 위. 되. 었. 다. 결코 나는 이들을 뚫고 도망칠 수 없다! 속수무책으로 당할 수밖에 없겠다는 생각이 스쳤다. 그들은 눈 깜짝할 사이에 내 머리 위로 커다랗고 두꺼운 천을 던졌다.

온통 어둠뿐이다. 시간이 얼마나 흘렀는지 알 수 없었다. 몸은 천근같이 무거웠고 정신은 몽롱했다. 주변을 읽어 보려고 애를 썼지만 그 어떤 생명의 흔적도 느껴지지가 않았다. 지금껏 느껴 보지 못한 불안감이 엄습해 왔다. 적에 대한 그 어떤 정보도 내겐 없다. 공기가 달라졌음에 더 주의를 기울였어야 했는데 나는 신중하지 못했다. 사랑에 눈이 멀어서 내 앞에 닥칠 위험의 신호조차 알아차리지 못하고 말았다. 똥 멍청이 같은 내 자신이 실망스러워 견딜 수가 없었다. 하지만. 괜찮다. 나는 눈이 멀었고.

"내가 사랑하는 사람. 나의 그녀는 무사하다."

전. 의. 상. 실. 하얀 헝겊 쪼가리라도 있어야 적에게 흔들어 보이며 내겐 싸울 의사가 없다고 알리련만. 이런 상황에 그런 게 있을 리 만무하다. 다른 방법을 찾아야 한다. 나는 있는 힘을 다해서 돌덩이 같은 팔을 움직여 보았지만 무뎌진 감각 때문에 팔이 움직이고 있는 건지 어떤 건지도 알 수 없었다. 그렇다고 이대로 포기할 수는 없었다. 이를 악물고 이번엔 손가락을 움직인다고 생각하고 주위를 더듬기 시작했다. 온몸에 소름이 돋았다. 나는 정사각형 철창으로 제작된 방에 꼼짝없이 갇혀 있었다. 그제 서야 내 살점들이 바닥 철창 사이를 비집고 흉하게 늘어져 있는 게 느껴졌다. 내 교감 신경은 케이지에 갇힌 실험쥐마냥 항진되기 시작했다. 문득 궁금했다. 도대체 누가? 왜? 무슨 의도로 이런 방에 나를 가둔 걸까? 왜 하필 나란 말인가!!! 까마귀에게 캐물었어야 했다. 그들의 움직임에 대해서.

"그들의 타깃은 바로 나였다."

그렇다면 저들은 내가 밤의 정령이란 사실을 알고 납치를 한 건가? 혹시 무슨 착오가 있었던 건 아닐까? 지금이라도 내가 신분을 밝힌다면 저들의 사과를 받고 나의 그녀 곁으로 안전하게 돌아갈 수 있을까? 아니다. 아니다. 아무래도 정령의 본분을 잊고 평범한 여자 인간을 사랑한 죗값을 물으려는 하늘의 뜻인 것 같다. 변명같이 들리겠지만 나는 정말이지 남들처럼 그저 평범한 사랑을 하려던 것뿐인데. 인간의 기본 권리인 사랑조차도 하늘은 내게 허락할 생각이 없다. 내 머릿속은 온통 뒤죽박죽 돼 버렸고 급기야 머리가 깨질 것 같은 두통이 밀려왔다. 하지만 지금 이 순간 중요한 건 적어도 아직까지는 내가 살아 있다는 것과 반드시 살아서 이곳을 탈출해야 한다는 사실이었다. 나는 내가 살아 있다는 걸 확실히 해 두기 위해서 억지로 신음 소리를 입 밖으로 내보았다. 큰 실수였다. 갑자기 헛구역질이 나면서 노란 위액이 목구멍을 타고 뜨겁게 넘어왔고 그 바람에 그만 정신을 잃고 말았다. 그렇게 또 얼마나 지났을까. 어렴풋이 어둠 저 너머에서 웅성거리는 소리가 들려오기 시작했다. 그 소리들은 내가 손 쓸 틈도 없이 가까워져 있었다. 비몽사몽이던 나는 남자가 하는 말을 겨우 알아들을 수가 있었다.

"자. 슬슬 TNR을 시작해 볼까!"

티. 앤. 알. 티. 앤. 알……. 짐작조차 되지 않는 생소한 단어가 나를 더 불안하게 만들었다. 내가 그 놈의 티. 앤. 알에 대해 머리를 쥐어짜는 동안 가까워진 소리들은 예고도 없이 거칠게 어둠의 장막을 걷어 냈다. 한꺼번에 쏟아져 들어온 빛을 감당하지 못한 나는 또 다시 정신을 잃었다. 꿈인 듯 파편 같은 장면들이 스친다.

이동식 LED 무영등.

초록색 두건에 마스크를 낀 사람들.

내 혈관에 꽂혀 있는 수액 관.

멸균 수술 포.

적출돼 있는 피 묻은 작은 장기 두 개.

생명이 느껴지지 않는 차디찬 철재 바닥.

지옥.

진짜. 지옥.

"여기는 지옥이다. 오버."

나는 철창 안에 갇힌 채 끔찍한 통증에 시달리며 꿈인지 현실인지도 모를 시간들을 보냈다. 그들은 내 목에 거추장스러운 플라스틱 보호대를 채워 놓고서 내가 내 몸을 보지도 못하게 만들었다. 내 눈으로 직접 확인하진 못했지만 며칠의 낮과 밤을 보내는 동안 나는 알 수 있었다. 그들이 내게 저지른 몹쓸 짓에 대해서. 내가 당한 그 몹쓸 짓이 무엇인지를. 잔인하기 그지없는 그들은 그 짓 말고도 멀쩡한 내 왼쪽 귀를 삼분의 일을 잘라냈다. 잘려진 귀는 일종의 주홍 글씨 같은 거였다. 그들은 내가 죽을 때 까지 이번 일을 잊지 않길 바랐다. 비인간적으로 참혹한 범행의 결과물이자 결단코 일어나서는 안 될 만행이었다. 나는 현실을 부정했지만 그런다고 해도 아무것도 달라지지 않는다는 걸 인정할 수밖에 없다. 돌이킬 수도 없다. 나는 절대로 납치되기 이전으로 돌아가지 못한다. 모진 내 운명을 찍소리 없이 받아들여야만 한다.

비밀, 넷

내게 볼 일이 끝난 그들은 내가 아무것도 보지 못하게 나를 단속한 뒤 또 어딘가로 끌고 갔다. 목적지도 모른 채 차에 실려 가며 모든 걸 포기했을 때 차가 멈췄고 누군가 차에서 내려서 차 문을 열었다. 순간 꿈에서도 그리워하던 냄새가 느껴져서 그만 눈물이 핑 돌았다. 내가 납치됐던 바로 그 주차장 냄새였다. 너무 반가웠지만 다른 한편으로는 이건 아니라는 생각이 들었다.

"이건 아니지! 안 돼! 절대 안 돼! 부탁이야! 제발! 제발! 나를 다른 곳으로 보내 줘! 이 피도 눈물도 없는 개자식들아!!!"

이렇게 망측한 꼴로 나의 그녀 앞에 나타날 자신이 없었다. 나를 납치한 그들이 아무리 인정머리 하나 없는 무뢰한이라 해도 인종과 국경을 초월하는 사랑 앞에선 나의 간절한 요구를 들어줘야 했다. 절박했다. 부디 나의 그녀가 상처 받지 않도록, 내가 그녀에게서 영원히 사라질 수 있도록 마지막 선의를 베풀어 주길 목이 터져라 외쳤지만 그들은 눈썹 하나 깜짝하지 않았다. 그들은 가차 없이 나를 납치했던 장소에 다시 버려 놓고서 흔적도 없이 바람같이 사라졌다. 주차장 바닥에 쓰러져 있던 나는 하필이면 여자 건물주에게 발견되었다.

"무 대리가 돌아왔다! 무 대리가 무사히 돌아왔다!"

"돌아온 건 맞지만 무사하진 않다고요. 절대로……."

내가 행방불명되었다는 소식은 온 동네에 퍼졌고 사람들은 누가 먼저랄 것도 없이 내 전단지를 만들어 합정동은 물론 마포구 전역까지 돌리고 다녔다. 내 덕후들 중 몇몇은 유튜브에 [외계인도 탐낸 넘사벽 얼천. 무 대리 실종 사건]이라는 제목의 영상을 만들어 올렸고 조회 수는 내 인기만큼이나 가히 폭발적이었다. 난 완전히 떴다. 떠 봤자 식혜 밥알이겠지만.

"이 명성. 말 그대로 한낮 허명에 불과하다."

모두들 무사히 돌아온 나를 따뜻하게 맞아 주었다. 우리 사무실에는 돌리다 만 전단지가 쓸모없는 전시품처럼 쌓여 있었다. 나를 찾기 위해 제작된 전단지였지만 내 눈에는 꼭 흉악범 검거를 위해 만든 수배자용 전단지 같았다. 그에 부흥하듯 머그 샷 속 내 표정은 연쇄살인마 사이코패스처럼 가식적인 억지 미소를 짓고 있었다. 하필이면 저런 사진을 골랐는지. 사진을 고른 게 누구 안목인지 짐작됐고. 이번만큼은 절대로 그냥 넘어가지 않으리라 결심했다. '기필코 내 몸이 회복되는 대로 대표님 면상에 시원하게 죽빵을 한 대 날리겠다!'고.

나는 아무도 만나고 싶지 않았다. 혼자 있고 싶었고 그대로 사라져 버린대도 아무런 불만도 없을 것 같았다. 하지만 사람들은 그런 나를 가만두지 않았다. 내가 없던 며칠 동안 나를 걱정했다며 내가 그리웠다며 사무실 문턱이 닳아빠지도록 드나들었다. 미안하지만 그들의 위로는 내게 겉돌 뿐이었다. 그리고 아직까지 오지 않은 그녀를 기다리느라 내 눈은 사무실 출입구에 고정되었다. 내가 돌아 왔다는 사실을 그녀도 모를 리 없었지만 그녀는 오지 않았다. 이 자리에 돌아오기까지 내가 얼마나 끔찍한 일들을 겪었는데……. 구차하게 버텼는데……. 설마. 그 며칠간의 나의 부재로 그새 나란 존재를 빨갛게 잊어버린 건가. 그동안 우리가 나눈 셀 수 없이 많은 눈인사와 미소와 온기들은 어쩌고. 내가 정성껏 골랐던 그 기막힌 선물은 어쩌고. 곱디고운 일곱 빛깔 별똥별 속에서 주고받았던 그 짜릿했던 교감들은 다 어쩌고.

직원들을 먼저 퇴근시킨 대표님은 내게 줄 선물이라며 작은 상자를 열어 보였다. 상자 속에는 촌스러운 은 목걸이가 들어 있었고 펜던트에는 큼지막한 글씨로 [무대리 010-0000-1004]라고 새겨져 있었다. 요즘은 유치원생도 안하는 시대를 역행하는 인식표 목걸이 선물이 웬 말인가 싶어서 잠시 그를 원망스럽게 쳐다봤다. 하지만 대표님은 내 의사와는 상관없이 그 목걸이를 소중하게 꺼내서 내 목에 걸어 주었다. 내 목에 걸려 있는 목걸이를 보며 겨우 안심하는 눈치였다. 대표님은 나름

대로의 방법으로 내 안위를 위해 마음을 표현하고 있었다. 대표님 마음이 담긴 세상에 하나뿐인 목걸이라고 생각하자 목걸이가 촌스럽다는 생각이 말끔히 사라졌다. 오히려 감격스러운 마음이 들었다. 왠지 모를 소속감 같은 게 차올랐고 왠지 앞으로는 좀 더 안전할 것만 같았다. 대표님은 내 잠자리를 한 번 더 야무지게 챙겼고 따뜻한 눈으로 힘없는 나를 바라봤다. 진심으로 나를 걱정하고 있는 마음이 전해져 왔다. 하지만 제아무리 그런 그라도 처참한 내 신체 변화만은 몰라주길 간절히 바라는 이기적인 나였다. 눈치가 비공인 8단인 그가 내 변화를 모를 리 없었지만 고맙게도 아무 내색도 하지 않아 주었다.

"무 대리. 푹 쉬면서 잘 먹고. 하루빨리 몸부터 회복하자. 응?"

대표님의 배려에 코끝이 찡해져서 하마터면 그에게 안길 뻔했지만 안고 난 뒤의 어색한 공기를 감당할 자신이 없어서 이를 악물었다. 남자끼리는 포옹하지 않는다. 그 낯간지러운 짓을 해선 안 된다. 나는 그가 내 마음을 알아채기 전에 하품을 해 보이며 피곤한 척했다. 대표님에겐 미안하지만 눈을 감았다. 큰 사건을 겪은 뒤로 나의 감성은 나약해질 대로 나약해져서 주책없이 시도 때도 없이 눈물이 터졌고 그것마저 대표님한테 들키고 싶지 않았다. 내 어려운 처지를 함부로 발설해서는 안 된다. 인간관계라는 게 항상 맑을 수만은 없는 일이라 나중에는 어떤 식으로든 내 어려웠던 처지가 약점이 되고 상대는 그 약점을 무기 삼아 나를 공격해 올 수도 있기 때문이다. 대표님은 내가 잠이 들 때까지 내 옆에 더 있을 작정이었고 나는 그를 보내기 위해서 잠든 척 해야만 했다. 잠시 뒤 잠이 든 나를 확인한 대표님이 조용히 사무실을 빠져나갔다. 혼자 남았다. 눈을 떠서 시간을 확인했다. 그녀의 퇴근 시간은 지났고 오늘 역시 그녀는 내게 오지 않았다. 내가 귀환한 지 오늘로 3일 째. 3일이 지났다는 건 나에게 남은 희망이 없다는 거다. 거지발싸개 같은 내 운명은 이제 종쳐 버린 사랑까지 받아들이라고 염치없이 우겨댄다.

나는 일주일 전 벌건 대낮에 정체 모를 악당들에게 납치를 당했고 강제로 수술대 위에 올려졌다. 나는 숭고한 번식 기능을 잃었다. 밤의 정령이 가진 모든 불멸의 기능도 상실했다. 수술 이후로는 사물들의 소리를 전혀 듣지 못한다. 공기의 색깔도 느낄 수 없고 달과 별과 땅이 나누는 대화도 더는 들리지 않았다. 온 세상이 멸망해서 생명을 잃어버린 바다에 표류해 있는 것 같은 두려움이었다. 끝도 없는 심연으로 빨려 들어가는 기분이었다. 아프고 무서웠다. 세상은 그대론데 나만 인위적인 돌연변이가 되었다. 정상적인 남자들과 비교해 본들 내게 남는 건 결국 열등감뿐이다. 주체할 수 없이 눈물이 흘렀다. 눈물을 닦을 기운도 없었고 닦고 싶지도 않았다. 처참한 내 모습을 창밖 가로등이 비추고 있었지만 상관없었다. 나는 남성성을 강탈당했고, 정령이란 본업을 잃었고, 방금 전 사랑한테도 버림받은 걸 확인한 3종 패배자일 뿐이니까. 그건 내가 소리 내서 엉엉 울어도 이상할 게 없다는 말이다. 어깨를 들썩이며 울부짖어도 아무 문제가 되지 않는다는 말이다. 나는 정말 기운이 하나도 남지 않을 만큼 울었고 울다 지쳐서 저절로 눈이 감겨질 때까지 계속해서 울었다.

어디선가 어렴풋이 보라색 커피 향이 풍겨 왔다. 퉁퉁 부은 눈을 힘겹게 뜨자 거짓말처럼 내 앞에는 나의 그녀가 앉아 있었다. 놀란 내가 일어나려 하자 그녀는 그대로 누워 있는 게 좋겠다며 나를 만류했다. 잠시 나를 안쓰럽게 바라보던 그녀가 머뭇거리며 조심스럽게 작은 손을 뻗어 내 흐트러진 머리카락을 정리해 주었다. 그리곤 내가 가장 좋아하는 그 목소리로 내게 일어난 일에 대해 모두 다 알고 있다고 말했다. 그 일은 우리 관계에 아무런 영향도 미치지 않는다고도 했다. 나는 그런 줄도 모르고 멋대로 그녀를 오해하고 멋대로 우리 사랑이 끝났다며 울었다. 버림받은 줄 알았다. 남겨진 줄 알았다. 나의 위대한 그녀 앞에서 나는 여전히 머저리, 바보, 똥 멍청이일 뿐이다.

"하느님. 부처님. 감사합니다. 모든 정령님들 감사합니다."

그녀를 향한 미안함과 고마운 마음에 나는 또 눈물을 보였다. 그러자 그녀가 갑자기 내 쪽으로 가까이 다가왔다. 정말 눈 깜짝할 사이에 그녀의 입술이 눈물이 지나간 내 뺨 위로 와 닿았다. 전혀 예상하지 못한 전개다. 나는 본능적으로 숨을 참았다. '오늘 양치를 했던가?' 맙소사. 이런 상황을 예상했다면 하루 종일 누워만 있지 않았을 거다. 맹세코 부지런을 떨며 나를 청결하게 만들었을 거다. 그리고 꿈에도 그리던 이 순간에 그녀에게 잊지 못 할 나만의 향기를 풍기며 그녀의 스킨십에 적극적으로 대처했을 거다. 지금이라도 그녀를 잠깐 멈추고 욕실로 뛸까……. 아니다. 그러면 보나마나 아찔한 이 분위기는 건조하게 부서져 버릴지도 모른다. 어쩌면 내 살아생전에 두 번 다시는 이런 순간이 오지 않을 수도 있다고 생각하니 심장이 터져 버릴 것만 같았다. 놓칠 수 없다. 놓쳐서는 안 된다. 나는 얼른 눈을 질끈 감고 그녀에게서 풍기는 따뜻한 장미향에 집중했다. 결코 경험한 적 없는 환희 그 자체였다. 용기를 낸 나는 조심스럽게 두 팔을 벌렸고 그녀는 기다렸다는 듯이 내게 폭 안겨 왔다. 드. 디. 어. 내 넓은 가슴이 그녀를 한가득 안았다. 이대로 죽는 대도 아무 여한이 없다. 살아서 돌아오길 천만다행이었다. 그녀를 안고 있는 나는 걷잡을 수 없이 뜨거워지기 시작했고 내 품에 안겨 있는 그녀의 체온도 조금씩 뜨거워졌다. 내 심장 소리와 그녀의 심장 소리가 뒤 섞이기 시작하며 마치 요란한 철길 구간을 달리는 기차를 타고 있는 것 같은 착각이 들었다. 내가 온 힘을 다해 원하던 그녀가 온 힘을 다해서 나를 원하고 있다. 나는 그녀에게 나를 맡기기로 하고 온몸에서 힘을 뺐다. 긴장을 풀었다. 우리의 사랑은 강렬했지만 부드러웠고 아름다웠다. 의심의 여지없이 서로의 마음을 확인했다. 내 품에 안겨 있는 사랑스러운 그녀의 콧날을 내려다보며 행복해하고 있을 때 그녀가 입을 뗐다.

“나랑 바다 보러 가지 않을래?”

“바다요?”

“응. 같이 가고 싶어.”

"그래요. 그래. 우리 바다 보러 같이 가요."

"무 대리도 좋아할 줄 알았어."

말을 끝낸 그녀는 가녀린 팔에 힘을 실어 나를 안았다. 나도 그녀 뼈에 무리가 가지 않을 만큼 그녀를 꼭 안아 주었다. 나는 바다를 본 적이 없다. 서너 차례 바다에 대해 얘기를 들은 적은 있었지만 내겐 딱히 바다를 봐야 할 이유가 없었고 굳이 바다를 보고 싶다는 욕구도 없었던 것 같다. 사람들이 말하길 바다는 끝도 없이 넓다고 했다. 모든 걸 포용할 만큼 깊다고 했다. 시시때때로 수많은 색깔과 냄새를 품는 댔다. 이제는 그녀를 향한 내 마음과 닮아 있는 그 바다를 만날 때가 왔다. 나는 그녀가 나와 함께 가고 싶다는 그 바다가 몹시 가고 싶어졌다. 그리고 나의 첫 바다를 그녀와 함께 보기 위해 아껴 두었던 나의 선견지명에 감탄하며 다시 따뜻한 그녀의 입술을 찾았고 우리는 또 한 번 아찔하고 아득한 사랑을 이어 갔다.

"아아악!"

끝도 없는 낭떠러지에서 떨어지는 꿈을 꾸다가 잠에서 깼다. 하필이면 불길하게 그녀와의 첫날밤에 악몽이라니. 나는 내 품에서 잠들어 있는 그녀가 깨진 않았는지 조심스럽게 고개를 돌렸다. 어? 없다? 나의 그녀가! 그녀의 장미향이! 우리가 사랑을 나눈 흔적도!

그녀의 간지러운 숨결이 이렇게 생생한데.

그녀를 만진 내 심장이 아직도 춤추고 있는데.

꿈이었다.

온전하지 못한 내가.

내 주제에.

이 나이에.

몽. 정. 이. 라. 니.

에필로그

한 달이 흘렀다. 나는 나의 그녀에게 나를 휘두를 수 있는 권력을 쥐어 주고 싶었지만 그녀는 끝내 거부했다. 주인을 잃어버린 내 사랑은 다시 처음으로 돌아가 나 혼자 그녀를 짝사랑하던 시간으로 회귀해 버렸다. 상대가 원치 않는다면 더 이상은 답이 없다. 곧바로 멈춰야 한다. 그녀를 불편하게 만들면 못 쓴다. 그녀에게 피해가 가게 해서도 안 된다. 나는 여전히 내 목숨보다 그녀를 더 사랑하지만 그런 마음을 내색하는 건 우리 사이에 단절을 가져올 뿐이다. 늘 그랬듯 그녀가 내게 원하는 딱 그만큼만 나를 내어 준다. 그러면 그 순간만큼은 나도 조금 행복할 수 있다. 사랑은 주는 것. 무조건 주는 것이다. 본전 생각하지 않고 내가 줄 수 있는 모든 것을 내어 준다. 나의 그녀에게 아낌없이 나를 내어 준다. 절대! 절대로! 오버하지 않는다.

"사랑에 빠진 건 운명이었고 이루어질 수 없는 사랑인

건 나의 숙명이다."

나의 그녀는 건강하게 잘 지내고 있고 여전히 우리는 변함없이 좋은 이웃이다. 세상은 내가 겪은 악랄하지 그지없는 희대의 범죄 사건을 수사도 하지 않고 미적거리다가 끝내는 미결 사건으로 덮어 버렸다. 이게 공정과 정의, 상식이 있는 나라가 할 짓인 건가 싶었지만 내가 믿고 의지하던 주위 사람들조차도 내게 일어났던 일을 애당초 일어난 적이 없던 일처럼 빨갛게 잊어버린 채 그저 자기들 일로 정신없이 지냈다. 속상하지만 문제 삼지 않는 편이 현명한 처사다. 그들은 일하지 않는 내게 여전히 먹을 것과 안락한 잠자리를 제공했고 변함없이 상냥했지만 나의 아픔은 공유하지 않는 여우 같은 관계를 유지했다. 큰 기대가 남기는 박탈감에 익숙해진 나도 더는 그런 문제로 상처받지 않는 법을 터득했다. 변해버린 내 몸뚱이에 적응했고 달라진 내 위치에 침묵하는 법도 배웠다. 이제 가능하면 오피스텔 건물 밖으로 나가지 않는다. 여기 대표님이 있는 작은 세상이 내게는 세상에서 가장 안전한 곳이라는 걸 깨달았다.

납치 사건 이후 내게 일어난 희한한 변화 중 하나는 바로 고양이들과 소통이 가능해졌다는 사실이다. 내가 없는 동안 하루도 빠지지 않고 주차장에 있는 내 애착 의자를 지켜 준 기특한 치즈 뭉텅이와 재회했을 때 그 사실을 알게 됐다. 웃어야 할지 울어야 할지. 좋은 건지 나쁜 건지. 그리고 나에게 무슨 쓸모가 있겠냐마는 어쨌든 들을 수 없었던 그들의 언어가 들리는 건 신기한 일이었다. 내가 돌아 온 이후 우리 대표님은 가능하면 내가 자기 눈앞에 있길 원했고 이왕이면 내가 사무실에서 나가지 않길 바랐다. 그리고 회복이란 명분으로 나를 모든 업무에서 배제시켰다. 쓸모없어진 나를 내치지 않고 의리를 택한 그를 서운하게 해선 안 됐다. 새끼 고양이와 재회한 그날도 나는 대표님 눈치를 살피며 답답한 사무실에서 빠져나갈 타이밍을 호시탐탐 노리고 있었다. 때마침 광고를 맡긴 갑사에서 전화가 걸려오자 대표님은 필요 이상으로 굽신 거리며 통화를 하다가 자기를 바라보는 직원들을 의식했는지 슬그머니 대표실로 들어갔다. 나는 대표님이 자리를 비운 틈을 타서 답답한 사무실을 빠져 나왔다. 오피스텔 입구에 서자 어느새 초여름이 성큼 다가와 있었다. 나는 신선한 공기를 마음껏 들이마셨고 덕분에 기분도 한결 가벼워졌다. 그러자 해가 제일 잘 드는 주차장 한쪽에 덩그러니 놓여 있는 내 애착 의자가 눈에 들어왔다. 천천히 주차장을 가로질러 걸었다. 그리고 참으로 오랜만에 내 의자에 앉아 보았다. 감개무량했다. 역시 개똥밭에 굴러도 이승이 낫다는 생각이 스쳤다. 나는 좀 더 편한 자세를 잡으며 의자 등받이에 몸을 기대고 눈을 감았다. 그때 하필이면 누군가의 말소리가 들렸다.

"다시는 안 돌아오는 줄 알았어요. 이렇게 볼 수 있어서 다행이에요. 나의 영웅님."

나는 귀찮았지만 눈을 뜨고 주변을 살폈다. 하지만 내 주변에는 사람이 없었다. 대신 내 애착 의자 가까이에 치즈색 새끼 고양이 한 마리가 식빵 굽는 자세로 앉아 있었다. 헛소리를 들었구나 싶었지만 왠지 그냥 눈을 감기엔 좀 멋쩍었다. 새끼 고양이가 나를 빤히 쳐다보고 있었다. 그래서 새끼 고양이한테 대고 혼잣말을 했다.

"꼬마야. 안녕. 너도 바람 쐬러 나왔구나?"

나는 그저 사람 말을 알아들을 수 없는 만만한 새끼 고양이라서 말을 걸었을 뿐이다. 내 말이 끝나자마자 새끼 고양이는 잔뜩 털을 곤두세우고 나를 공격할 준비를 했다. 그 모습이 어찌나 하찮게 위협적인지 나는 큰 소리로 웃고 말았다. 그때였다.

"당신. 누구야?"

새끼 고양이가 말을 했다.

"나? 나는 이 건물에 사는 무 대린데……."

얼떨결에 새끼 고양이 따위에게 나를 소개할 뻔했다. 잠깐만! 고양이가 나한테 말을 걸었다! 나 지금 고양이 말을 알아들은 거야? 나는 황당한 상황에 할 말을 잃고 눈만 껌뻑거리며 새끼 고양이를 쳐다봤다. 새끼 고양이도 믿겨지지 않는 듯 나를 뚫어지게 쳐다보다가 이내 온순하게 자세를 고쳐 앉았다. 상황을 정리해야 했다. 이유는 알 수는 없지만 고양이와 불통이었던 내가 고양이와 말을 섞고 있다. 소통이 가능해졌다. 살다 살다 이젠 별일을 다 겪는 구나 싶었다. 그 새끼 고양이는 엄청난 수다쟁이였다. 내가 자신을 구해 줬던 그 순간부터 하루도 빼놓지 않고 내게 감사하고 있다고 했다. 나를 본받아 나처럼 정의로운 영웅이 되고 싶다고도 했다. 그러면서 동네에 퍼진 나에 대한 흉흉한 소문들의 진위를 궁금해했다.

"근데. 정말이에요? 고환을 도둑맞은 게?"

"누. 누가 그래?"

당황한 내가 묻자 새끼 고양이는 잠시 망설이는 것처럼 보였지만 눈을 반짝거렸다. 그리고 기다렸다는 듯이 청산유수처럼 작은 그 입으로 불쾌한 말들을 이어 갔다.

"공영주차장 무리들이 그렇게 말하고 다녔어요. 영웅

님의 왼쪽 귀가 잘려져 있는 걸 봤다면서. 어? 정말 왼쪽 귀가 반이 없네요? 아. 그리고 이런 말도 했어요. 눈꼴사납게 사람 행세하고 다니더니 이제는 확실히 주제 파악을 했을 거라고. 꼴좋다고. 쌤통이라고 고소해했어요. 물론 나는 절대로 영웅님을 그렇게 생각하지 않아요. 나를 구해 준 나의 영웅님이잖아요. 근데요. 그거. 뗄 때 많이 아팠어요?"

"사. 람. 행. 세?"

망치로 머리를 세게 얻어맞은 것 같은 충격이었다. 내가 새끼 고양이에게 혼자 있고 싶다고 말하자 새끼 고양이는 충격받은 나를 걱정하며 돌아섰지만 악마처럼 속삭였다.

"고환 같은 거 없어도. 나는. 당신을 세상에서 가장 멋진 고양이라고 생각해요. 힘을 내요. 나의 영웅. 나만의 영웅님!"

그 모습이 어찌나 얄밉던지 나는 그 작은 악마가 내 시야에서 사라질 때까지 눈도 깜빡이지 않고 노려보았다. 세상에서 가장 야비한 작은 악마는 콧노래를 흥얼거리며 천천히 아주 천천히 모습을 감췄다. 심호흡이 필요한 순간이었다. 작은 악마가 한 말을 확인해 봐야 했다. 나는 내 애착 의자 바로 옆에 주차돼 있는 검은 승용차로 고개를 돌렸다. 막 세차를 마치고 나온 것처럼 번지르르하게 광이 나는 승용차 앞문으로 주차장 풍경이 비쳤다. 낯익은 그 풍경 속에는 바퀴 빠진 재활용 의자 위에 낯선 고양이 한 마리가 앉아 있었다. 고양이의 왼쪽 귀는 잘려져 있었다.

무 대리의 비밀

부쩍 고양이 개체수가 늘어 난 합정동 주민 센터로 고양이와 관련된 크고 작은 시민들의 불편민원이 접수됐다. 그에 따라 대대적인 길고양이 중성화 사업이 전면 실행된다. 시민 단체가 앞장선다. 그들은 2-3명이 한 조가 되어서 길고양이들을 포획하기 시작한다. 영문도 모른 채 생포된 길고양이들은 원치 않는 중성화 수술을 받고서야 다시 제자리에 방사된다. 자기 영역으로 돌아온 돌연변이 길고양이들은 번식 행동을 할 수 없기 때문에 번식기 특유의 울음소리를 내지 않는다. 고양이들 간의 투쟁이 줄어든다. 길고양이들로 인한 사람들의 불편이 줄어든다. 중장기적으로 길고양이 수도 줄어든다. 길고양이 중성화 사업은 전 세계에서 널리 사용되는 가장 인도적이면서 효과적인 길고양이 관리 방법이다. 먹이 사슬 꼭짓점에 있는 인간의 입장에서만 본다면.

빌라 화단에 왼쪽 귀 삼분의 일이 잘려 나간 고양이 한 마리가 앉아서 한가한 커피숍 안을 바라본다. 목에는 주인이 있음을 알리는 인식표가 반짝거린다. 고양이를 발견한 커피숍 그녀가 호들갑스럽게 달려 나와 고양이 앞에 앉는다. 고양이와 눈높이를 맞춘 그녀가 손을 뻗어 고양이 머리를 쓰다듬는다.

"무 대리. 왔어? 어? 못 보던 목걸이네. 근사하다."

그녀의 손길을 느끼던 고양이가 민망한 자세로 발라당 누워 애교를 떨기 시작한다. 그 모습마저도 사랑스러워서 어쩔 줄 몰라 하던 그녀가 더욱 정성스럽게 고양이 몸 여기저기를 쓰다듬는다. 때마침 오피스텔 주차장 쪽에서 원더미디어 대표가 고양이를 찾는 소리가 들린다.

"무 대리! 무 대리! 이놈의 고양이가 또 어디 간 거야? 야! 무 대리!"

남자의 목소리를 들은 고양이가 성가신 듯 자리에서 일어나 기지개를 켜며 몸을 턴다. 무심하게 오피스텔 쪽을 바라본다. 고양이의 작은 움직임 하나도 놓치지 않고 바라보던 그녀도 자리에서 일어선다. 그녀에게 눈키스를 보낸 고양이가 어슬렁어슬렁 걷기 시작한다. 고양이를 찾아 주차장 입구까지 나온 대표 눈에 세상에서 가장 거만하게 걷고 있는 망할 고양이가 보인다.

"또 바람 들었냐? 그 일을 당하고도 아직 정신 못 차렸지? 정신 안 차리지!"

하며 고양이를 나무라던 대표가 뒤늦게 커피숍 그녀를 발견한다. 대표의 심장이 쿵쾅거린다. 잔뜩 당황한 대표가 세상에서 가장 부자연스러운 목 인사를 건네면 커피숍 그녀도 고개 숙여 대표의 인사에 답한다.

"근데요. 하나만 여쭤 봐도 되요? 왜 다들 쟤를 무 대리라고 불러요?"

4개월 만에 처음으로 커피숍 그녀가 말을 걸어온다. 대표에게는 운명적인 순간이다. 그대로 얼어버린 대표의 맥박이 불규칙하게 빨라지더니 급기야 심장까지 큰 소리로 뛰기 시작한다. 더 이상 눈 뜨고 볼 수 없는 대표의 바보 같은 모습에 해와 바람은 차라리 눈을 감는다. 대표 쪽으로 걷던 고양이도 걸음을 멈추고 대표와 커피숍 그녀를 번갈아 쳐다본다. 잔뜩 긴장한 대표가 말한다.

"아. 그게……. 에. 그러니까……. 우리 여직원이 장난 삼아 지어 준 건데요. 아! 어디까지나 장난! 장난이었어요. 별로 볼 것도 없는 길고양이 주제에 자기 주제 파악도 못하고 무지 거만하다나 뭐라나. 아니. 무지 까탈을 부린댔나? 아. 아무튼. 그래서 그때부터 그냥 그렇게 불러요. 무 대리. 무 대리라고."

"아아. 뭔지 알 것 같아요. 정말 잘 어울리는 이름이에요. 무 대리."

그녀가 상큼한 미소를 짓는다. 그 미소를 본 대표 가슴이 또 한 번 철렁 내려앉는다. 대표의 머릿속에서 거대한 종이 요란하게 울리기 시작한다. 대표는 다음 말을 생각해 내려고 기를 쓰지만 아무 말도 떠오르질 않는다. 두 사람은 고양이를 사이에 두고서 잠시 어색한 시간을 견딘다. 갑자기 커피숍 그녀가 커피숍으로 뛰어 들어가면서 대표를 향해 말한다.

"잠깐만요."

잠시 뒤 커피숍에서 나온 그녀가 남자 가죽장갑 한 짝을 흔들어 보이며 말한다.

“혹시. 이거 아세요? 무 대리가 얼마 전에 저희 가게 앞에 물어다 놓은 건데.”

그 사이 대표 곁으로 다가온 고양이가 대표 다리에 몸을 문대지만 대표는 알아채지 못한다. 장갑을 확인한 대표가 난처해하며 커피숍 그녀에게 대답한다.

“어? 그거. 제 건데. 그게. 왜. 거기……?”

하고 대답하다가 자기 발밑에 있는 고양이를 발견한다.

“무 대리. 너! 이제 하다하다 도둑질까지 하냐? 이놈의 망할 고양이.”

대표의 말이 끝나자 고양이가 대표 다리 사이에 몸을 문대며 돌기 시작한다.

“어어? 털! 털 묻잖아. 야야! 무 대리. 그만. 그만. 그만하라고!”

고양이가 대표를 보며 자기도 사랑한다고 대답한다.

"야옹. 야옹."

대표와 고양이를 바라보던 커피숍 그녀가 웃는다. 웃는 그녀를 바라보는 대표가 웃는다. 쨍한 초여름 햇살이 망할 고양이와 두 사람 머리 위로 쏟아져 내리며 웃는다. 기분 좋은 바람이 살랑 불어와 커피숍 그녀와 대표와 고양이를 맴돈다. 사랑을 시작하기 좋은 계절이 웃는다.

음식남녀

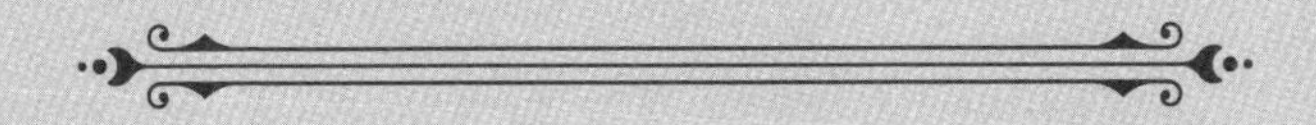

건강하려면 뭐든 골고루. 아작아작.

"좀 먹어 주면 안 돼?"

냉동실 안에 있던 그가 말했다. 오랫동안 방치된 채 냉동실 구석에 아무렇게나 쑤셔 박혀 있는 검은 봉지 속 고깃덩어리처럼 바싹 메마른 그의 입술이 힘겹게 움직였다. 나는 두세 걸음 뒤로 물러서며 말했다.

"미쳤어? 난 먹기 싫어. 안 먹어. 절대로 안 먹는다고!"

내 말이 끝나자 그는 막무가내로 떼를 쓰는 아이처럼 소리를 지르기 시작했다. 그는 고집이 아주 셌고 나는 그를 절대 이길 수 없다는 걸 알고 있다. 나의 명확한 거절 의사를 그에게 표현하긴 했지만 이미 내가 마주한 현실에 기겁을 해서 정신이 반쯤은 나간 상태였다. 도망치고 싶었지만 몸을 움직일 수도 없었다. 한 발자국도 움직이지 못할 거면서 눈에만 잔뜩 힘을 실어 그를 노려봤다. 그러는 사이 나에 대한 짧은 탐색을 끝낸 그가 비명 소리를 멈췄다. 찰나의 침묵이 흘렀다. 잠시 나를 원망스러운 눈빛으로 바라보던 그는 그럼 어쩔 수 없다는 듯 아주 미세하게 어깨를 으쓱여 보였다. 나는 올 것이 왔음을 직감했다. 눈꺼풀에 경련이 일었다. 당장 내 앞에서 벌어질 그 무엇. 내가 맞닥뜨리게 될 그 무엇에 대해 전혀 짐작할 수 없어서 두려워지기 시작했다. 그는 내가 그의 제안을 받아들일 수밖에 없는 방법으로 나를 몰아붙일 거였다. 그 순간 그의 얼굴에서는 사악한 미소가 번졌다. 올 것이 왔다……. 그는 자기 몸을 거침없이 냉동실 내벽에 부딪치기 시작했다. 그 충격으로 냉동실 내벽에서 기생하던 성애가 바닥으로 우르르 떨어져 내렸다.

"하지 마. 그러지 마. 멈춰. 제발 그만 둬!"

다급한 내가 말렸지만 그는 멈추지 않고 계속해서 몸을 부딪쳤다. 쿵. 쿵. 쿵. 그러자 그의 몸통에서 오른쪽 어깨가 툭하고 빠지면서 아무렇게나 흔들렸다. 지구가 흔들렸다. 내 발 아래서 인위적인 지진이 일어나고 있었다. 그는 기필코 모든 걸 무너트릴 작정을 하고 더욱 세차게 자기 몸을 냉장고에 부딪치며 중얼거렸다.

“하나도 남김없이 부서져 버릴 거야. 먼지로도 널 만나지 않겠어. 우린 불행해질 일만 남았어.”

그를 멈출 수 있는 방법은 하나뿐이다. 내가 저항을 멈추고 그의 말에 순종하는 것.

“알겠어.”

그는 내 항복 선언만을 기다린 사람답게 곧바로 끔찍한 자해를 멈추고서 나를 향해 전속력으로 달려들었다. 나도 모르게 살려달라는 말이 새어 나왔지만 소심한 내 구원 요청은 밖으로 퍼져 나가지 못하고 글자 메아리가 되어 내 온몸을 칭칭 감싸며 돌뿐이었다. 거대한 그의 체중에 눌려서 정신이 까무룩 해지던 순간 명치끝에서부터 참을 수 없는 고통이 밀려오는 바람에 내 몸이 심하게 움찔거렸다. 천근 같은 눈이 떠졌다. 꿈이었다. 어찌나 그에게서 빠져나오려고 발버둥을 쳤는지 온몸에서는 근육통이 느껴졌다. 필사적인 탈출이었고 마침내 성공했지만 나를 바라보던 그의 눈빛만은 생생했다. 무서운 악몽의 여운은 시간이 지나도 사라지지 않고 나를 괴롭혔다. 나는 결국 눈물이 찔끔 났고 나를 이 지경으로 만든 그가 너무나 원망스러웠다. 미워서 견딜 수가 없었다. 불현듯 머릿속에서 뭔가가 번뜩였다. 어쩌면 원망이 공포를 이길 수도 있지 않을까 하는. 꽤나 그럴듯했다. 잠깐의 공포심 따위는 내가 내 남자를 향해 퍼붓는 막강한 원망이란 감정을 이길 리가 없었다. 그래서 나는 내 안에 있는 미움이란 미움을 죄 끄집어내서 공포심을 이겨 보겠다고 마음먹었다. 정말 몹시 화가 난 사람처럼 굴었다. 숨을 거칠게 몰아쉬며 씩씩거렸고 분을 삭이는 척 어깨를 위아래로 크게 들썩였다. 그러자 진짜 화가 머리끝까지 나는 것 같았다. 속으로 성공이라고 쾌재를 부르려던 바로 그때 하필이면 평소에는 잘 들리지도 않던 냉장고 소리가 주방에서부터 들려오고 있었다. 웡. 웡. 위잉. 저절로 마른침이 삼켜졌다. 숨을 크게 들이마시고 중얼거렸다.

"이깟 냉장고 소리. 고작 하찮은 기계 소리. 겨우 시시한 냉장고 소리에 겁을 먹는 건 나답지 않아. 나는 절대로 무섭지 않다. 하나도 무섭지가 않다."

하고 나를 다독였지만 결국엔 울음이 터지고 말았다. 너무 무서웠고 무서운 만큼 미치도록 그가 그리웠다. 보고 싶었다. 지금 내게 필요한 건 오로지 그의 다정한 눈빛과 달콤한 목소리와 따뜻한 체온뿐이다. 그가 없는 나의 현실은 꿈에서 조차 생각해 본 적 없고 상상조차 할 수 없는……. 내게는 너무도 가혹한 형별이다. 나는 그를 볼 수 없다. 그의 미소를 볼 수 없다. 그의 손길도 느낄 수가 없다. 끝없이 나를 원하던 성난 근육의 그를 더는……. 더는 만질 수가 없다. 그토록 사랑하던 그에게 나는 마지막 인사도 전하지 못했다. 나에게는 쓸모없는 자책과 후회만이 남았다. 내 남자는 죽었다.

"딱 한 번만이라도 널 다시 볼 수만 있다면. 내 영혼을 팔겠어."

****

그와 나는 2년 전 12월 추운 겨울 날 처음 만났다.

"애들은 판타지죠. 이건 무조건 판타지로 가야 돼요. 어린 주인공이 모험을 하면서 우리가 말하려는 걸 경험하고 다니게 만들어야 한다고요."

"음. 좋은데요."

별 감흥 없이 의자에 기댄 채 팔짱을 끼고 방관만 하던 그가 내 말에 지원 사격을 하며 맞장구를 쳤다. 십여 분 전 회의실에 들어서면서 최 대표에게 소개받았던 외주감독이었다. 우린 형식적인 인사만 나눈 상당히 어색한 처음 본 사이였다. 그는 당고머리에 짙은 눈썹, 밀가루 반죽처럼 허여멀건 얼굴이 심심하지 않을 만큼 적당히 보기 좋게 다듬어진 턱수염을 가지고 있었다. 그런 그가 나를 향해 마저 해치우라는 듯 턱을 치켜들며 응원의 눈빛을 발사했다. 기대하지 않은 지원 사격 덕분에 회의는 내 의견대로 수월하게 이어지는 듯 했지만 결국은 그놈의 제작비에 발목이 잡히고 말았다. 나는 제작비라는 불문율에 재빨리 마음을 고쳐먹고 비겁하게도 다른 대안을 찾고 있었지만 당고감독의 생각을 달랐다. 완강하게 제작비를 사수하려는 최 대표를 향해서 겁도 없이 책정된 제작비 안에서 제작이 가능하다는 말을 꺼냈고 그 말을 들은 나는 머릿속에서 잠깐 버퍼링이 일어났다. 당고감독의 말을 이랬다. 자신에겐 다양한 재능이 있고 그런 자신이 두세 사람 몫을 커버하면 불가능한 일이 아니라는. 그리고 기꺼이 이 매력적인 기획에 자선 기부하는 마음으로 자신이 가진 재능을 보탤 생각이 있다고 덧붙였다. 뜻밖의 전개였다. 나는 '저 바보는 또 뭐지?', '굳이 왜 저렇게까지 하는 건데?' 하며 머리를 갸우뚱했다. 여우 같은 최 대표 얼굴에는 화색이 돌았다. 최 대표는 잽싸게 당고감독을 향해 낙장불입을 선언해 버렸고 쌍수까지 들어가며 그의 자원 봉사를 열렬히 환영했다. 나는 '쯧쯧쯧. 안 됐지만 이젠 빼박이야. 어쩔래?' 하며 얼른 당고감독의 표정을 살폈지만 당사자인 그에게서는 딱히 별다른 표정을 읽을 수가 없었다. 최 대표 입장에서는 입이 귀에 걸릴 지경의 바람직한 재능 기부이자 어리바리 당고감독한테는 말도 안

되게 밑지는 이상한 불공정 거래 현장이었다. 그렇게 무모한 열의를 가진 당고감독은 내 뇌리에 세상 물정도 모르고 잘난 척하는 모질이, 칠푼이로 각인되었고 그가 가진 당고머리는 내 마음에 쏙 들었다.

나는 프리랜서 방송작가다. 돈이 되는 작업이면 모든 이념도 거뜬히 뛰어넘을 수 있고 장르도 불문하고 글을 쓸 수 있는 프로다. 이렇게 하나의 프로젝트에 한시적인 팀원으로 참여해서 작업하기도 하고 어쩔 땐 두세 군데 프로덕션과 동시에 일을 진행하기도 한다. 몰아서 글을 쓰는 대신 쉬고 싶을 때는 언제든 몰아서 쉴 수 있다는 장점과 뭐라도 끄적거리지 않으면 굶어 죽고 만다는 극단적인 단점도 공존한다. 그럼에도 내가 프리랜서라는 직업을 고수하는 이유는 많다. 첫째로 나는 아침 일찍 일어나는 일이 세상에서 가장 힘든 사람이다. 당연히 알람을 맞춰 놓는다. 핸드폰은 5분 간격으로 3회, 탁상시계는 6분 간격으로 2회. 그렇게 힘든 기상을 대비해서 총 5번의 알람을 설정해 놓는다. 하지만 하늘이 두 쪽이 나도 반드시 일어나야 한다는 강박에 시달리며 잠 못 들다가 결국 알람이 울리기 전에 알람을 해제하고 마는 어설픈 완벽주의자이기 때문이다. 그렇게 시작된 나의 하루는 온통 엉망진창이 돼 버리고 만다. 둘째는 어떤 조직에 속해서 누군가의 지시를 받는다거나 내가 아닌 누군가를 관리해야 하는 일에 있어서 심하게 서툴다. 납득되지 않는 강압적인 지시에는 얼굴부터 반항조로 변해서 대들기 일쑤고, 말귀를 못 알아 처먹는 장식용 뇌를 가진 팀원을 물심양면 이끌기에는 내가 가진 이타심 용량이 턱없이 부족하다. 셋째로 공과 사의 경계가 애매한 사람들과의 대인관계는 매우 비효율적이라는 경험에서다. 성격상 모든 사람을 배려해야 직성이 풀리는 나 같은 사람은 의미 없는 주변 사람들의 작은 변화에도 민감하게 반응한다. 그 사람이 무슨 생각으로 그런 행동을 했는지 혹시 의도치 않은 내 실수로 그런 결과가 나온 건 아닌지 쌍방에 오해의 소지는 없었는지를 곱씹는 염려강박증 덕분에 나의 입맛이 달아나는 일은 비일비재하다. 그런 쓸데없는 감정 소모는 내 체중을 앗아 간다. 적당히 공적인 관계라야 마음이 평온하고, 모든 관계가 갖는 부담에서 자유로울 때야

비로소 행복함을 느끼는 인간 개복치가 바로 나다. 사람간의 거리란 게 너무 가까워도 그렇다고 또 너무 멀어도 상처 받기 마련이다. 때문에 그 적당한 관계를 유지하기 위해서는 피차 조심하고 배려하고 참을 줄도 알아야 한다는 생각이다. 한 사람과의 친밀함이 쌓이려면 적어도 상대를 알아가기 위한 숙성의 시간을 반드시 거쳐야 한다고 굳게 믿고 있다. 그 과정을 무시하고 시간과 공간을 초월해 가며 시도 때도 없이 친한 척해 오는 사람은 결국 내 뒤통수를 가격하더라. 나는 상대가 누구건 간에 절대 함부로 대하지 않는다. 대신 그들도 나를 절대 함부로 대하지 않기를 원한다. 그렇다고 해서 내가 까다로운 사람이냐? 그건 또 아니다. 단지 사람으로서 응당 갖추고 있어야 할 '사람에 대한 기본 예의'가 있는 사람이라면 나는 얼마든지 그 사람과 좋은 관계를 유지할 수 있다. 어쨌든. 프리랜서란 직업이 비록 안락한 노후를 보장해 주지는 않지만 위에서 말한 여러 이유들로 내게는 더할 나위 없는 최고의 직업이다. 프리랜서 작가인 나는 그들이 원하는 딱 그만큼의 내 능력을 팔고 그에 상응하는 대가를 받는다. 아주 훌륭하게 최적이다.

그리고 다소 별나다고 생각할 수도 있겠지만 나는 평범한 여자들과 달리 긴 머리 남자가 이상형이다. 지극히 개인적인 취향인데 그 이유는 이렇다. 초보 작가 시절 어느 날인가 촬영장에서 범상치 않은 남자 모델을 본 적이 있었는데 그 모델은 허리까지 내려오는 긴 머리를 풀어헤치고 있었다. 처음엔 관심도 없었을 뿐더러 되레 거부감마저 들었다. 남자 머리에서 풍기는 감당하기 힘든 샴푸향이라니. 극명한 불호다! 그렇게 선을 긋자 갑자기 그 모델의 머리에서 샴푸향이 느껴지는 것만 같아서 속까지 메스꺼워졌다. '자고로. 남자건 여자건 기승전 단정!'해야 한다고 나 스스로 확인해 보였다. 하지만 잠시 뒤에 촬영 콘셉트에 맞춰서 준비를 마치고 나온 그 모델을 본 나는 줏대도 없이 탄성을 지르고 말았다. 9등신 조각몸매 맨 꼭대기에 경이롭게 올려 진 당! 고! 는 정말 기막히게 단정하고 아름다웠다. 아마도 그날 이후였던 거 같다. 내가 당고 패티시(fetish) 취향을 갖게 된 건. 어쨌거나 나는 치렁치렁 풀어헤치지 않고 단정하게 묶어서 틀어 올린 남자의 당고가 가진 그

섹시함에 대해서 좀 아는 편이다. 어쭙잖은 청학동 스타일 당고나 사극에 종종 등장하는 대역 죄인의 그것처럼 성의 없는 당고는 흔하게 봐 왔지만 저 외주감독이 가진 조화롭기 그지없는 당고는 그 모델 이후로 진심 오랜만이었다. 하지만 그렇다고 당고머리 감독을 어찌해 볼 생각은 추호도 없었고 그저 탐나는 당고를 발견한 반가운 마음이었다. 맹세컨대 감독에 대한 내 관심은 딱 거기까지였다.

회의 결과는 내 아이디어대로 진행하기로 결정됐고 모자란 인력은 잘난 당고감독이 채우는 걸로 끝이 났다. 회의를 마친 당고감독은 사무실 사람들한테 선약이 있다며 양해를 구하고서 먼저 일어섰다. 나도 그와 밋밋한 인사를 나눴고 구성안 마감 일정을 조율하느라 삼십분 정도 사무실에 더 머무르다가 사무실을 나왔다. 빌딩 입구로 나오자 해가 진 12월 초 여의도 빌딩숲은 매서운 칼바람으로 차를 두고 온 나를 훈계하기 시작했다. 얼어 죽을 작정으로 겁도 없이 얇은 코트 쪼가리를 걸치고서 감히 여의도엘 기어 나온 거냐고 면박을 줬다. 오늘 처음 꺼내 입은 카키색 롱코트가 문제의 발단이었다. 며칠 전 나는 혼자서 별로 좋아하지도 않는 백화점 아이 쇼핑을 했다. 평소 좋아하던 브랜드 앞을 지나다가 문제의 그 코트가 눈에 띄었다. 나는 홀린 듯 매장 안으로 빨려 들어갔고 친절한 직원 덕분에 어느새 코트를 걸치고 거울 앞에 서 있었다. 내가 걸친 롱코트는 무려 3백 7십 9만 원짜리였다. 정신을 차렸을 때는 이미 결제 영수증이 내 손에 들어와 있었다. 눈으로 영수증에 적힌 숫자를 확인하고 급속도로 후회가 밀려왔지만 그렇다고 또 환불을 하고 싶지는 않았다. 왜냐하면 그 카키색 롱코트는 나한테 맞춘 것처럼 잘 맞았고 무척이나 잘 어울렸기 때문이다. 몰랐는데 나는 다소 물욕이 있는 편에 속한다는 걸 그때 처음 알았다. 어쨌든 나는 조심스럽게 코트를 집까지 운반했다. 막상 옷장에 걸려 있는 코트를 보자 마음이 조급해졌다. 부티가 철철 나는 코트를 걸치고서 누구든 빨리 만나고 싶었지만 하루가 지나고 이틀이 지나고 일주일이 지나도록 그 코트를 입고 나갈 만한 곳이 딱히 없었다. 하필이면 오늘이 바로 그날이었다. 그래서 당당하게 겨울을 견딜 작정이었다. 내 코트는 일교차가 크기로 유명한 몽골 산 최고급 캐시미어였고 캐시미어 함량도 100%나 되므로 그걸 걸친 나는 추위 정도를 애교로 넘길 수 있어야 한다는 오판에서다. 여의도는 여름은 여름대로 무진장 덥고 겨울엔 또 환장할 만큼 추운 동네라는 사실을 간과하는 실수를 저질렀다. 내가 내 잘못을 인정하려던 순간 때마침 사방에서 불어 온 바람에 내 머리카락이 미친년처럼 치솟았다가 자기들끼리 엉키며 지랄발광했다. 나는 가방을 옆구리에 낀 채 양손이 바쁘게 머리카락을 진정시키려고 애를 썼다. 그때 검은 세단 한 대가 미끄러지듯 내 앞에서 멈췄다. 차를 두고 온 나는 세단의 등장이 반갑지 않았지만 같은 운전자로서 그 차가 지나가도록 한쪽으로 비켜섰다. 하지만 검은 차는 움직이지 않았다. 인내심에 한계를 느낀 나는 검게 선팅 된 창문 너머에 있는 운전자를 향해서 복화술로 중얼거렸다.

“애시 당초에 따뜻한 니가 좀 비켜 가면 안 되는 거였니? 저쪽은 저렇게나 남았고 난 이 만큼씩이나 비켰잖

아. 가라고. 가. 사뿐히 즈려밟고 당장 내 눈앞에서 꺼! 지! 라! 고!"

완벽한 복화술이었다. 하지만 내 말이 끝나자 당황스럽게도 조수석 창문이 열렸고 황당하게도 당고머리가 눈에 들어왔다.

"어? 감독님? 아까……. 아까 가셨는데?"

나는 그가 내 복화술을 알아채지 못했길 바라며 최대한 친절하게 웃어 보였다. 그는 그런 나를 재미있어하며 미소 띤 얼굴로 말했다.

"왜 이렇게 늦게 나오세요? 꺼질 땐 꺼지더라도 집까지 모셔다 드리고 꺼질 게요."

망했다! 내 복화술은 많은 연습이 필요했다. 내가 민망함에 머뭇거리며 어정쩡한 자세로 버티자 그는 속사포처럼 설명을 이어 갔다. 회의 시작 전에 나와 최 대표가 나누던 대화에서 내가 차 없이 나왔다는 정보를 아주 우연히 입수했고, 사무실을 막 나오는데 마침 저녁 약속이 취소됐고, 너무 추워진 날씨가 걱정스러워서 무작정 나를 집까지 데려다줘야겠다는 사명감이 불타올랐다고 했다. 내가 '당고감독 차를 얻어 타고 집에 간다……?' 머릿속으로 그 상황을 정리하는 사이에도 여의도 칼바람은 쌩하고 불어 와 내 뼛속까지 파고들었다. 나는 추위에 떨면서도 일말의 명분을 찾기 위해 버텼다. '우린 최소한 구면이다. 조금 전까지 같은 목표 달성을 위해 한 팀이 되어 최 대표 이하 적군들을 제압했고 결과를 성공적으로 이끈 전우애를 나눴다. 최 대표가 믿는 출처가 분명한 남자사람이다. 따라서 이 추운 겨울밤 저 차에 올라타도 나의 안전은 보장된다. 그리고 결정적으로 당고는 처음 본 내 귀갓길을 걱정할 만큼 이타심이 천상계다.'라는 생각으로 귀결될 때쯤 성격 급한 그가 차에서 내려서 내 쪽으로 성큼성큼 걸어왔다. 그는 조수석 문을 열고 내가 차에 올라타도록 등을 떠미는 시늉을 했다. 나는 못 이기는 척 떠밀려서 차에 올라탔고 엉덩이가 따뜻한 온열 시트에 닿자마자 가볍게도 그에게 감사하다는 고백을 하고 말았다. 한겨울에 맛보는 천국이었다. 하지만 얼마 지나지 않아 온몸의 한기가 사라지자 체온을 지킬 수 있는 것만으로도 감사하던 나는 그와의 서먹한 실내 공기가 신경 쓰이기 시작했다. 어색함을 없애기 위해서 아무 말이나 떠들었다. 하마터면 사무실 식구들과 저녁을 먹을 뻔했지만 남다른 촉으로 거절한 나의 해안에 대해서. 웃는 눈으로 내 말을 경청하던 그가 받아쳤다. 우리가 그 정도로 어긋나지는 않을 거란 확신이 있었다고. 순간 그의 단어 선택이 거슬렸다. '우리? 어긋나지 않을 거라는 확신?', '뭐지? 선순가?', '나한테 작업 거는 건가?', '혹시 내가 자기 당고에 헬렐레한 걸 눈치 챘나?' 하는. 하지만 다른 한편으로는 그가 무슨 말을 하는지 그의 말뜻이 뭔지를 알 것도 같은 낯선 공감대가 생기며 마음이 동하는 나의 이중성을 보았다. 그의 운전은 부드러웠고 목소리는 다정했다. 나는 그가 10년 째 한 사람과 연애중이라는 사실을 알게 되었고 그 한결같은 의리에 감동받았다. 그래서 진심을 담아 그에게 경외심을 표했다. 하지만 그는 겸손하게도 특별한 건 아니고 어쩌다 보니 그냥 세월이 그렇게 된 거라며 손사래를 쳤다. 그리고 내 남자친구 존재 여부를 궁금해했다. 나는 사귄지 9개월 정도 됐지만 더 이상 설레지 않는 남자친구에 대해서 솔직하게 털어놓았다. 우리는 서로의 연애를 걱정 혹은 격려하며 어느새 목적지인 우리 집 앞에 도착했다. 내게는 그와 함께 있던 시간이 물리적인 시간보다 훨씬 짧게 느껴졌고 심지어 아쉬움까지 남았다. 차에서 내린 나는 그가 차를 돌리는 동안 잠시 집 대문 앞에 서서 기다렸다. 돌아 나온 차가 내 앞에서 다시 멈췄을 때 한 번 더 그에게 감사 인사를 하고 돌아섰다. 뒤에서 그의 목소리가 들려왔다.

"여기. 자주 올 거 같은 예감이 들어요."

그의 예감은 적중했다. 그날 이후 그는 미팅시간 보다 일찍 나왔다거나 혹은 미팅을 마치고 집에 돌아가는 길이라며 잠깐 차 한잔하자고 나를 불러냈다. 우리는 같이 하는 작업 이외의 작업들도 조금씩 공유하기 시작했다. 여섯 번째 그와 만나던 날 그는 자기와 사귈 생각이 있는지를 내게 물었고 나는 단칼에 거절했다. 알다시피 그에게는 십 년의 구력을 가진 여자 친구가 있었고 그 십 년이란 세월이 갖는 존재감만으로도 내 전의는 상실되었다. 더군다나 나에게도 헤어지고 싶지만 아직 이별 통보를 전하지 못한 나의 오빠가 있지 않은가. 내 거절을 들은 그는 실망한 듯 입술을 삐죽거렸지만 그에게도 뾰족한 수는 없어 보였다. 우린 서로에게 강하게 끌렸지만 그렇다고 잘못도 없는 각자의 연인을 당장 내칠 만큼 모질지도 못했다. 결국 그와 나는 건전하게 공적으로만 엮이자는 데 합의했다. 이후 나는 그와 업무적인 일이란 명분 아래서 만났지만 시간이 지날수록 그 명분은 잦아졌고 시간도 길어졌다. 나는 그의 말 한마디에 아이디어가 백만 개는 떠올랐고 우리는 하나의 단어를 확장시켜서 다양한 세상을 설계하기도 했다. 그렇게 서로의 생각에 날개를 달아 주는 환상의 콤비였다.

그러는 동안 해가 바뀌었고 우리가 함께하던 작업도 끝이 났다. 우리 둘은 처음 합을 맞춘 자랑스러운 영상 확인을 마치고서 사무실을 나왔다. 쫑파티라는 명분을 내세워 둘만의 오붓한 저녁 식사를 나눴다. 미식가인 그는 서울 시내 곳곳에 있는 맛집을 모두 꿰뚫고 있었다. 나는 명분 아래에서 그와 만나면서 이미 그의 입맛을 경험했던 터라 무조건 그의 선택을 신뢰 내지 지지했다. 그는 겨울에는 무조건 복 요리를 먹어야한다며 앞장섰다. 그를 따라 들어간 음식점에서 찰지고 신선한 복사시미와 담백한 복 지리를 먹었다. 발바닥까지 따뜻해지는 아주 만족스러운 식사였다. 음식점을 나온 우리는 달달한 후식이 당겼다. 이번에는 내가 좋아하는 디저트 맛집으로 그를 안내했다. 우리는 커피와 크림브륄레를 먹었다. 나의 최애 크림브륄레는 커스터드 크림 위에 얇고 바삭한 캬라멜 토핑을 얹어서 완성하는 달달함 끝판 왕 디저트다. 보여지는 모습만 가지고 쉬운 요리라 생각한다면 크림브륄레에게 무례한 거다. 레시피가 간단하다는 건 그만큼 기본에 충실해야 한다는 말이기도 하니까. 기본이 하나라도 흐트러지면 제대로 된 크림브륄레를 절대로 맛볼 수 없다. 만드는 방법은 대략 이렇다. 먼저 계란 노른자와 설탕, 우유와 휘핑크림과 말차 가루를 준비한다. 준비한 혼합물들이 익지 않게 잘 섞이도록 커스터드 크림을 만든다. 완성된 커스터드 크림이 차갑게 식을 때 까지 기다린다. 커스터드 크림이 완벽하게 차가워졌다면 이제는 캬라멜 토핑을 할 차례다. 차갑게 식힌 커스터드 크림 위에 설탕을 듬뿍 흩뿌리고 토치를 이용해서 직화로 가열하며 캬라멜라이징을 한다. 앙증맞은 수플레 용기에 담겨진 크림브륄레는 설탕이 갈색으로 녹으면서 얇고 단단한 막이 만들어지기 때문에 스푼으로 설탕 막을 깨트려서 먹어야 하는 소소한 재미를 선사한다. 톡! 톡! 하고 설탕 막을 깨트린다. 한 수저 가득 뜬다. 설탕의 바삭함과 함께 차가운 커스터드 크림 특유의 부드러운 식감을. 그 천상의 풍미를 입 안 가득 느껴 본다. 평소 단 걸 좋아하는 나는 크림브륄레에 꽤나 진심이다. 다행히 크림브륄레를 한 입 먹고 난 그는 눈동자가 커졌고 입은 조그맣게 오므라들었다. 그렇게 그와 나는 더 이상 완벽할 수 없는 디저트까지 해치우고서도 헤어지기가 아쉬웠다. 결국 우리는 우리에겐 더 이상 새로울 거 없는 여의도를 한 바퀴 돌자는 데 합의했다. 익숙하다 못해 식상한 여의도 드라이브였지만 둘이 함께라는 이유 하나만으로 결코 익숙하지 않은 신선함으로 다가왔다. 우리가 탄 차는 국회 정문을 지나 마포대교 쪽을 향해서 정차했다. 그가 갑자기 좌회전 차선으로 차선을 바꿨다. 신호를 받고 좌회전을 하자 한산한 도로가 나왔다. 도로 오른쪽에는 국회둔치주차장이 있었다. 내 예감대로 그는 국회둔치주차장입구로 진입했고 마땅한 자리를 찾아서 천천히 이동했다. 잠시 뒤 우리는 한강이 잘 보이는 강가 자리에 차를 세웠다. 구정을 앞둔 고수부지는 그 흔한 아베크족 하나 없이 텅 비어 있었다. 나는 이유를 막론하고 무조건 가족들과 부대껴야 하는 정말 대단한 구정이라고 생각했다. 덕분에 한산한 고수부지는 오롯이 우리 세상이었다. 우리는 나란히 앉아서 스피커에서 흘러나오는 후렴구가 익숙한 팝송을 들으면서 살벌한 겨울 풍경을 바라보았다. 이따금씩 감당할 수 없는 강력한 강바람에 차체가 흔들렸다. 얼마나 지났을까 먼저 침묵을 깬 건 그였다. 무슨 생각을 하고 있었는지 뜬금없이 귀무가설에 대해 말을 꺼내더니 이야기의 마무리는 동전 던지기가 가지는 공정성에 대한 찬사로 끝났다. 이어 그는 내게 동전을 던지는 과정에서의 공정과 동전이 던져진 뒤에 돌출된 정의로운 결과를 일상에서 활용한 소크라테스의 현명함을 닮아 보지 않겠냐고 물어왔고. 그의 엉뚱함에 나는 실소를 터트렸다.

우리는 차에서 내려서 아무도 없는 고수부지 허허벌판에 마주 보고 섰다. 그가 오른손 손바닥 위에 500원짜리 동전을 올려놓으며 나를 바라보았다. 나는 '이런 북극 추위에 굳이 밖에 나와서까지 이런 하찮은 동전 던지기 따위를 하는 무모함.'이라고 생각했지만 겉으로는 그가 말하는 현명함(?)에 장단을 맞추느라 흥미진진한 표정을 지어 보였다. 그의 손에서 동전이 튀어 올랐다. 하늘로 던져진 동전이 빙그르르 돌다가 커다란 그의 손에 안착했다. 그는 동전을 움켜쥔 채로 내게 물었다.

"그림? 숫자?"

"그림! 아니, 숫자요!"

"숫자 확실해요?"

그의 눈빛에 흔들린 나는 줏대도 없이 결정을 번복했다.

"아니, 그림! 그림!!"

나는 그 어떤 트릭도 용납하지 않을 작정으로 눈도 깜박이지 않고 그의 손만 응시했다. 아무짝에도 쓸데없는 장난으로 시작했지만 결과를 앞두고서는 알 수 없는 긴장감이 밀려왔다. 그 순간 거센 강바람이 불어와 내 몸을 밀었다. 그러자 그가 내 앞으로 다가와 나를 향해 부는 바람을 막아섰다. 미처 이렇게 가까이서 그를 보게 될 거라고는 생각하지 못한 나는 얼른 한 발 뒤로 물러섰고, 그는 내가 물러선 딱 그만큼의 거리만큼 내 쪽으로 한 발 내딛었다. 그가 다가온다. 나는 내가 무장해제 되지 않도록 정신을 차려야 했다. 어차피 내가 뒷걸음질 쳐서 달아나봤자 그는 내게 다가오는 걸 포기하지 않을 거였다. 나는 도망치지 않기로 했다. 대신 처음으로 용기내서 그의 얼굴을 정면에서 똑바로 바라보았다. 그의 눈동자 속에서 내가 보였다. 그의 눈 속에 들어 있는 내 눈 속에서 그를 보았다. 우린 동시에 심장이 쿵 하고 내려앉았다. 마른 입가를 적시면서 그가 말했다. 내가 선택한 그림이 나올 경우 두 말 없이 사귀기로 한 그 무모한 약속에 대해서. 나는 고개를 끄덕였다. 이게 뭐라고 잔뜩 긴장한 그는 조금 더 뜸을 들였고 마침내 큰 소리로 동전을 향해 명령했다.

"그림!"

천천히 그의 손이 펼쳐졌다. 어찌나 주먹을 꽉 쥐고 있었는지 그의 손바닥에 피가 통하기 시작하며 혈색이 돌아왔고 그 사이로 동전이 반짝이며 모습을 드러냈다. 나는 가로등 불빛 때문에 반사가 돼서 확인할 수 없는 동전을 보기 위해 그의 손 가까이로 얼굴을 갖다 대고 있었다. 그 순간 그가 소리쳤다.

"학이다! 학. 보세요. 학이에요!"

그의 손바닥 위에는 정말 학이 있었다. 나는 결과를 어떻게 받아들여야 할지 몰라서 눈만 깜빡였고, 곁에 있던 그가 호랑이 포효를 닮은 소리로 함성을 지르는 바람에 깜짝 놀랐다. 바로 그때였다. 가로등 불빛에 충전을 마친 학이 은빛 날개를 펄럭이더니 그대로 하늘로 날아올랐다. 십년지기 연인을 가진 그와 언제 끝낼지 몰라 눈치만 보던 나의 연애가 새로운 운명을 맞는 순간이었다. 마침내 운명을 개척한 순간이었다. 하늘도 전적으로 우리가 이어지기를 바랐다. 갑자기 내 몸이 땅에서 붕하고 떠올랐다. 정의로운 결과를 만끽하며 나를 번쩍 안아 올린 그가 제자리에서 빙글빙글 돌기 시작했다. 하늘에 조금 더 가까워진 나는 알 수 없는 용기가 차올랐다. 앞으로 펼쳐질 역경 따위는 새까맣게 잊혀졌다. 믿어지지 않는 결과에 취해있던 우리는 매서운 겨울 추위를 깨닫고 차로 돌아왔다. 달라진 차 속 공기. 그저 서로 바라보는 것만으로도 가슴이 벅찼다. 내 몸과 마음이 그를 향해 웃었고 나를 바라보는 그도 그랬다. 도리나 양심 따위는 개나 줘 버리겠다는 막무가내 의욕이 솟구쳤다. 우리는 우주에서 가장 공정한 동전 던지기로 정의로운 결과를 얻어 낸 사람들 이다! 고작 어쩌다 보니 십 년을 채운 연애와 뜨뜻미지근했던 9개월간의 연애였을 뿐이다. 우리는 각자의 연인들과 착하게 헤어질 수 있고, 그렇기 때문에 우리의 시작이 그 어떤 것도 파탄내지 않을 거라는 확신이 있었다. 동전 던지기로 처음이자 마지막일지 모를 운명의 짝을 곁에 둘 수 있게 되었다.

지금까지 내 연애는 나에게 먼저 호감을 느낀 상대의 한결같은 노력을 지켜보다가 마지못해서 반응하는 수동적인 연애였다. 내가 가진 사고방식 또한 남녀의 사랑에 있어서는 세월을 역행할 만큼 고지식했다. 친구가 임자 있는 남자와 사랑에 빠졌노라고 고민을 털어 놓을 땐 나쁜 년이라고 욕했고, 양다리도 모자라 세 다리를 유지하면서도 죄책감 하나 없이 세 남자를 적당히 섞어 놓으면 좋겠다며 해맑게 말하는 후배에겐 미친년이라고 응징했다. 언제고 그에 상응하는 죗값을 받게 될 거라는 저주의 말도 잊지 않았다. 남의 눈에서 눈물 나게 한 자! 자기 눈에서는 반드시 피눈물을 흘리게 된다!는 게 내 신념이자 철통같은 연애관이었다. 섣불렀다. 부인이나 다름없는 십년지기 연인을 가진 남자와 아직 이별을 고하지도 않은 남자친구를 둔 내가 연애라니. 사랑이라니. 제아무리 하늘도 거든 어쩔 수 없는 운명을 시작했을 뿐이라고 자위한들 이번 결정은 내 인생을 통틀어 가장 파격적인 행보가 아닐 수 없었다.

나는 어느새 내 앞에 앉아 있는 그를 보며 절대로 물러서지 않겠다는 맹세를 하고 있었다. 그와 함께할 수만 있다면 나쁜 년, 미친년 아니 그보다 더한 것도 상관없다는 허세가 기지개를 켰다. 비장한 나만의 결심을 끝내자 내가 가진 모든 걸 그에게 주고 싶었다. 그가 가진 모든 걸 갖고 싶었다. 그를 위해서라면 기꺼이 나를 버릴 수도 있다는 무모가 극치에 다다른 순간 거짓말처럼 그의 입에서도 같은 말이 흘러나왔다. 서로에게 감동한 우리는 그렇게 가슴 뛰는 첫 키스를 나누었다. 그와의 키스로 내 경험사전에는 황홀함이라는 단어가 재정립되었고, 내 직감은 우리 사랑이 상당히 치명적일 거라고 말해 왔다.

첫 키스 이후 그는 나를 볼 때마다 나를 안고 싶다며

시도 때도 없이 나를 원했지만 나에게는 시간이 필요했다. 운명 어쩌고 하더니 이제 와서 무슨 시간 타령이냐고 하겠지만, 나는 적어도 헤어진 전 연인에 대한 애도의 시간을 갖는 게 예의라고 생각하는 사람이다. 나아가 새롭게 시작할 우리를 위해서도 각자의 심신 정화기는 필수라고 믿었다. 습관이 기억하는 전 연인에 대한 기억을 비우고 새 연인을 맞아야 한다. 어제는 그녀를 안았던 그가 오늘은 나를 안는다? 우웩! 생각만 해도 몸 여기저기에서 암세포가 증식할 것만 같다. 어쨌든 그런 이유를 들어 우리가 어른의 사랑을 나누기 위해서는 적어도 3개월의 기한이 필요하다고 선언했다. 하지만 그 선언이 무리라는 것쯤은 나도 모르지 않았다.

꿈만 같은 데이트였다. 행복에 겨운 시간이었다. 사귄 지 한 달하고 하루가 지났을 무렵 우리는 신촌에 있는 모텔 주차장에 차를 세웠다. 보채는 그를 더는 두고 볼 수가 없었고 나 역시도 그를 안고 싶었기 때문에 심신 정화기를 두 달이나 앞당기자는데 합의했다. 하지만 막상 방에 들어서자마자 나는 후회가 밀려왔다. 급기야 첫 거사를 앞둔 긴장감으로 내 손은 수도꼭지를 튼 것처럼 땀이 났고, 목 근육까지 뻣뻣하게 경직되기 시작했다. 누가 봐도 아마추어였다. 먼저 샤워를 하고 나온 그는 급속도로 말수가 적어진 나를 보며 귀여워서 미치겠다는 표정을 지으며 내 옆에 다가와 앉았다. 내가 찔끔 옆으로 비켜 앉자 그가 내 손을 덥석 잡으며 말했다. 아무것도 하지 않아도 이렇게 둘만의 공간에 있고 싶었다고. 그 말 덕분인지 내 긴장이 조금은 누그러졌다. 우리는 손깍지를 끼고 침대 위에 나란히 누워 이런저런 대화를 나눴다. 그의 나근나근한 목소리를 들으며 긴장이 풀린 나는 아예 긴장을 놓다 못해 잠이 들어 버리고 말았다. 낯선 장소에서 두 시간이나 숙면을 하고 일어난 내가 미안해서 어쩔 줄 몰라 하자 그는 끓어오르는 욕구를 참느라 애국가를 수도 없이 불러서 목이 쉬었다며 투덜거렸다. 그 모습이 어찌나 사랑스럽던지 그의 얼굴을 잡고 그의 입술에 내 입술을 맞췄다. 내 숨 냄새를 맡는 그가 참을 수 없을 만큼이나 예뻤다. 우리는 서로의 냄새를 탐닉하면서 원초적인 시간을 보냈다. 땀에 젖은 그의 품에 안겨서 생각했다. 도대체 이 좋은 걸 한 달하고 하루씩이나 미뤘던 나의 어리석음에 대해서. 나는 나를 깊이 반성했다.

우리는 6개월 뒤 저녁에도 모텔에 함께 누워 있었다. 그는 지금도 늦지 않았다며 그를 잡아 주길 원했지만 나는 그러지 않았다. 그는 끝내 나를 안고 서럽게 울기 시작했고 나는 그런 그를 영혼 없이 다독였다. 운명의 동전이 던져진 바로 그날 나는 집에 돌아오자마자 내 오빠에게 헤어지자고 통보했다. 늦은 밤 나의 이별 선언을 투정쯤으로 이해한 내 연인은 진짜 이별을 받아들이는데 며칠이 더 필요했다. 마침내 성공적인 이별을 완수한 나는 떳떳하게 그의 앞에 섰지만 그의 이별은 생각처럼 깔끔하게 정리되지 않았다. 강성이었던 그의 여자 친구는 헤어지자고 말하는 남자친구 말에 주방으로 달려갔고 잠시 뒤 부엌칼을 들고 나와 자기 목에 들이댔다. 헤어질 바에는 차라리 죽어 버리겠다며 칼끝으로 거침없이 자기 목을 그었다. 그는 결국 그녀 앞에 무릎을 꿇었다. 착한 이별에 실패했다. 그 난리 이후 그녀의 집착은 갈수록 심해졌고 나는 두 여자 사이에서 전

전긍긍하는 그가 미웠다. 시간이 지날수록 나는 속이 상해서 혼자 우는 날이 많아졌다. 하지만 다른 한편으로는 차라리 모질지 않은 그여서 다행이라는 생각도 들었다. 우리의 사랑 때문에 누군가가 목숨을 끊는다면 보나마나 우리 둘 다 평생을 죄책감에 시달리며 괴로워할 게 뻔했다. 보기 좋게 우리 둘 다 그녀에게 패했다. 십 년에 지고 말았다. 그녀가 우리를 이겼다. 그의 이별 실패는 막연했던 두 사람의 결혼을 앞당기는 어이없는 결과를 가져왔다. 결혼을 하게 됐다고 어렵게 말을 꺼낸 그의 말을 나는 차분하게 들었고 의연하게 받아들였다. 결혼식 준비는 그녀 혼자서 차질 없이 준비해 나갔고 마침내 내일이 두 사람의 결혼식이다. 우리는 새벽 한 시가 되어서야 마지못해서 모텔을 나왔다. 시동을 거는 그에게 내가 말했다.

"나는 가지 않는 게 좋겠어."

원망스러운 아침이 밝았다. 나는 어제 밤 그에게 결혼식장에 가지 않겠다고 말한 걸 후회했다. 얼굴에 철판을

깔고 결혼식에 참석해서 그 여자 얼굴을 봐야 하는 거 아닌가 하는 생각이 들었다. 사랑하지 않는 여자와 결혼식을 올리는 그의 표정도 미치도록 궁금했다. 그가 결혼식을 올리는 걸 내 눈으로 직접 봐야 미련한 내 마음이 정리되지 않을까 하는 명분을 끄집어냈다. 하지만 어느 하나도 결국은 비통한 내 마음을 헤집는 꼴이 될 거였다.

나는 냉장고로 향했다. 냉장고를 털었다. 먹다 남은 샤인머스켓 케이크와 물러 터지기 일보 직전인 복숭아 두 개를 눈 깜짝할 사이에 해치웠다. 여전히 속이 허했다. 이번에는 냉동실에서 반 건조 오징어 한 마리를 꺼내서 바싹 구웠다. 마요네즈에 청양고추를 총총 썰어 넣고 오징어를 찍어 먹었다. 다시 냉동만두 한 봉지를 찾아내서 물을 낙낙하게 붓고 전자레인지에 돌린 뒤 참기름을 살짝 뿌려서 돼지처럼 꾸역꾸역 먹어치웠다. 음식의 페어링이 중요한 나였지만 채워지지 않는 허기는 페어링 따위가 문제되지 않았다. 결국 나는 화장실 변기를 안고 끅끅거리며 오바이트를 해댔다. 심하게 울렁거리는 몸뚱이 덕분에 꼼짝도 하지 않고 방 안에만 틀어박혀 있을 수 있었다. 그날 오후 결혼식에 참석했던 최 대표를 통해 내 남자의 결혼식 뒷이야기와 그리스로 신혼여행을 떠난다는 사실을 전해 들었다. 그러고 보니 그에게 신혼여행지가 어디냐고 물어보지도 않았다. '하긴 그게 무슨 상관이람. 어차피 나는 세상에 버려졌는데.' 하는 자포자기 심정이었다. 그건 내가 선택한 피해자의 길이기도 했다. 나는 그 누구도 원망할 자격이 없다. 시야가 흐려졌다. 갑자기 나를 얼마나 사랑하는지에 대해 열변을 토하던 그의 모습이 떠올랐다. 잠시도 나와 떨어져 있기 싫다며 자기 심장에 나를 통째로 넣고 다니면 좋겠다고 말하던 모습이었다. 그의 사랑 표현에 질세라 그의 가슴에 내 머리를 비비며 심장으로 들어가게 문을 열어 달라던 내 모습도 보였다. 서로를 향한 사랑을 본능적으로 표현하던 무식한 커플……. 배신감도 들었고 결국은 이게 최선이지 않을까 하는 생각도 들었다. 저녁이 되어서야 인천공항에 도착한 그에게서 문자가 왔다. 나는 진심으로 결혼을 축하한다는 답장을 보냈다. 관계를 정리하려는 내 의지를 눈치 챈 그는 극도로 불안해하기 시작했다. 그리스로의 긴 비행시간을 빼고는 신혼여행 내내 하루에도 몇 번씩 나에 대한 우리에 대한 절절한 사랑을 장문으로 보내왔다. 답장은 하지 않았다. 대신 그가 보내온 글을 수도 없이 읽고 또 읽으면서 마음이 무너져 내렸다가 다잡기를 반복하느라 만신창이가 되었다. 현실을 직시해야 한다는 각오를 새기느라 하도 어금니를 물어서 머리가 지끈거렸다. 이제는 단순히 양다리로 끝날 문제가 아니었다. 대내외적으로 상간녀라는 낙인이 찍히는 일이다. 하지만 가여운 내 남자는 시도 때도 없이 산토리니에서조차 나의 분신과 함께하고 있는 일상을 전해 왔다. 우리는 산토리니 이아마을 숙소에 나란히 앉아서 일몰을 바라봤고, 치즈와 견과류 토핑이 올려진 페닐리 빵으로 하루를 시작했고, 뜨거운 사랑도 나누었다. 잠든 신부 옆에서 나와 사랑을 나누고 아침을 맞은 그의 참담함이 전해졌다. 우리 두 사람에게는 흡사 지구 종말을 경험한 일주일이었다. 신혼여행을 마친 그는 공항에 도착하자마자 한 걸음에 우리 집 앞으로 달려왔지만 나는 그를 만날 생각이 없었다. 내 마음은 이미 그와 백만 번은 이별한 뒤였다. 하지만 그의 차는 다섯 시간이 넘도록 우리 집 앞에서 꿈쩍도 하지 않았다. 나는 그를 다시 만날 생각은 없었지만 그의 차가 있는지 없는지를 수시로 확인했다. 내가 눈앞에 나타나기 전까지 그는 무슨 일이 있어도 움직이지 않을 거였다. 내 마음이 흔들렸다. 무턱대고 나를 기다리는 그를 만나서 직접 우리는 끝났다는 사실을 말할 생각이었다. 늦은 밤이 되어서야 그를 만났다. 허연 밀가루 같았던 그의 얼굴은 산토리니 햇살을 받고 검게 그을려져 있었다. 내게 익숙했던 그는 변했고 나는 그 모습이 무척이나 서운했다.

그렇게 내 남자친구는 우리가 사귄 지 여섯 달 만에 유부남이 되었다. 십 년 동안 그의 곁을 지키던 그녀는 공식적인 그의 아내가 되었다. 그의 결혼은 그저 서류상으로만 끝나지 않았다. 우리는 더 이상 함께 여행을 갈 수도 없게 되었고 그는 주말 하루 외박마저도 곤란했다. 저녁이면 어김없이 남편의 끼니를 확인하는 그녀에게서 전화가 걸려 왔고 상간녀인 나는 그 통화가 끝날 때까지 얌전하게 숨죽이고 있어야 했다. 그를 이해했지만 이런 상황까지 받아들이기는 힘에 부쳤다. 그렇다고 속 시원하게 어디에 터놓고 하소연 할 곳도 내게는 없었다.

우리는 시작부터가 조금 불손하지 않았나 하는 일말의 죄책감이 내 안에 자리하고 있었던 것 같다. 때문에 내 연애에 관해서 그 누구에게도 말하지 못하고 함구했다. 남녀 간의 연애에 있어서는 지금껏 세상에서 가장 정확한 상도(?)를 지키는 척 꼴사납게 잘난 척하던 나였다. 그런 내가 나 스스로도 떳떳하지 못한 연애를 말하고 다닌다? 돌팔매를 맞아도 시원찮을 일이다.

상간녀로 산다는 건 결코 한 번도 경험해 보지 못한 불쾌한 감정이었고 그 심통은 오롯이 그에게만 분출되었다. 나는 수시로 화가 났고 내가 그럴수록 그는 혼신의 힘을 다해서 나를 꽉 안아 주었지만 내 갈증은 채워지지 않았다. 내 남자를 공유한다는 사실만으로 충분히 기가 찼고 치가 떨렸고 늘 극심하게 목이 말랐다.

그가 죽기 몇 시간 전에도 우린 우리 집에서 뜨거운 사랑을 나눴다. 그날따라 나는 그가 내 곁에 좀 더 머물길 바랐지만 시간을 확인한 그는 가야겠다며 침대를 벗어났다. 평상시와는 다르게 그를 보내기가 싫었지만 그는 내 마음을 모른 척했다. 나는 욕실로 걸어가는 그의 뒷모습을 원망스럽게 쳐다봤다. 그는 한 번도 뒤돌아보지 않고 욕실로 들어가 욕실 문을 닫았다. 나는 눈을 감고 그의 행동을 복기해 봤다. 욕실 거울 앞에 선 그가 익숙한 손놀림으로 머리를 만지며 몸 여기저기를 살핀다. 절정에 오른 내가 만들었을지도 모를 러브마크를 확인한다. 머리는 이미 땀범벅이지만 샴푸향이 다르므로 샴푸는 하지 않고 단정하게 묶어서 틀어 올린다. 같은 이유로 바디워시도 생략하고 간단한 물 샤워만으로 불륜의 땀을 씻어 낸다. 대충 몸의 물기를 닦고 벌거벗은 채 욕실에서 걸어 나와 아직 누워 있는 내게 한 번 더 입맞춤을 한다. 사랑한다고 미안하다고 말하고 단정하게 옷을 챙겨 입고 아무 일도 없었던 사람처럼 부인이 기다리는 집으로 돌아간다. 지겹다. 눈을 떴다. 가슴이 답답해서 더 이상 누워 있을 수가 없었다. 마침 욕실 물소리도 멈췄다. 나는 옷도 걸치지 않고 벌거벗은 채 성큼성큼 욕실로 걸어가 욕실 문을 벌컥 열어 재꼈다. 콧노래를 흥얼거리며 물기를 닦던 그가 나를 향해 봄 햇살처럼 환하게 웃었다. 순간 부인에게도 흘릴 그 웃음에 짜증이 나서 있는 힘껏 그의 뺨을 후려쳤다.

"웃지 마!"

그는 당황하지 않았다. 나를 자극하지 않으려는 듯 수건을 한쪽에 내려놓으며 아직 물기가 남아 있는 차가운 가슴으로 나를 안았다.

"내 거. 또 맘 상했어? 내가 말했잖아. 너 아닌 그 누구도 날 가질 수 없다고. 내가 절대 허락하지 않는다고."

잠시 그렇게 나를 다독이던 그는 나를 번쩍 안아 들고 방으로 돌아와 침대 위에 나를 앉혔다. 그러고는 내 앞에 무릎을 꿇었다. 참 쉬운 무릎이었다. 그는 나를 사랑하다 못해 곧 터져 버릴 것 같은 표정으로 나를 바라봤다. 식상한 그의 표정에 신물이 넘어 올 것만 같았다. 나는 두 주먹을 움켜쥐었다. 비장하게 꼭 쥔 내 손을 가만히 바라보던 그가 내 손을 잡았다. 마음의 준비를 했다. 그는 소중하게 들어 올린 내 주먹을 그대로 입가로 가져가서 내가 딱 참을 만큼의 강도로 깨물었다. 내 집게 손가락에는 그의 이빨 자국이 선명하게 남겨졌고 그 자국을 바라보며 그가 말했다.

"자긴 내 거야. 내 거 맞지? 내 거지."

그는 나를 재워 놓고 가겠다며 다시 내 옆에 누웠다. 내가 막 그의 따뜻한 품에서 잠이 들려던 순간 진동으로 해 둔 그의 핸드폰이 울리기 시작했다. 계속해서 쉬지 않고 울려댔다. 하늘이 두 쪽이 나는 한이 있어도 남편의 외박만은 절대 용납하지 않겠다는 그녀의 의지였다. 그는 끝내 부인에게로 돌아갔고 나는 자기 집으로 돌아가는 그를 배웅하지 않았다. 모든 게 다 엉망진창이다. 나는 엉클어진 침대 위에 혼자 남겨졌다는 상실감에 정체불명의 신음 소리를 냈다. 결코 사랑은 아니라면서도 꼬박꼬박 집으로 기어들어가는 착실한 내 남자와 내 존재를 무시한 채 막무가내로 그를 기다리는 세상에서 가장 무딘 여편네 때문에 있는 대로 약이 올랐다. 두 사람을 향한 나의 질투는 시간이 갈수록 감당하기 힘들었다. 하지만 오늘만큼은 그런 질투가 아니었다. 질투와는 결이 달랐다. 갑자기 코끝으로 유황 냄새가 훅 들어왔고 그래서 그와 헤어지기가 불안했다. 초조했고 두려웠다. 오늘만큼은 우리가 반드시 함께 있어야 할 것만 같았다. 내가 그를 지켜 줘야 할 것 같았다. 그래서 같이 있으려던 건데 본처와의 일상을 질투하는 하찮은 상간녀 누명을 쓰고 말았다. 그런 내 모습이 한심해서 견딜 수가 없었다. 내 자신이 측은했다. 나는 더 이상 나를 괴롭히고 싶지 않았다. 손을 뻗어 신경안정제 한 알을 입에 털어 넣었다. 침대 위에 아직 남아 있는 그의 체온을 찾아 그 위에 누웠다. 옆으로 돌아누운 내 눈에서 눈물이 똑 하고 떨어졌다.

"나 아닌 그 누구도 널 가질 수 없다는 말. 믿어."

잠들기 위해 노력했지만 시간이 지날수록 잠이 달아났다. 약을 한 알 더 먹을까 하다가 생각을 고쳐먹기로 했다. 그러자 갑자기 그의 체취로 축축해진 침대 시트가 역겹게 느껴졌다. 나는 도무지 종잡을 수 없는 내 감정을 누르지 못하고 결국 일어났다. 침대 시트를 걷어 냈고 그가 남긴 집 안의 모든 흔적들을 찾아 청소를 시작했다. 새벽 3시를 향하는 시계 초침 소리와 적정 용량을 초과한 이불 빨래로 힘겹게 돌아가는 세탁기 소리가 집 안을 가득 채웠다. 급작스러운 허기가 몰려왔다. 그제서야 저녁을 먹지 않았다는 사실을 깨달았다. 원래대로였다면 우리는 사랑을 나눈 뒤에 같이 저녁을 만들어 먹을 계획이었다. 냉장고가 눈에 들어왔다. 나는 냉장고에서 우리의 저녁 메뉴 재료였던 안심을 꺼냈다. 팬 위에 버터를 녹였고 달궈진 팬에 안심 두 덩어리를 올렸다. 한 쪽에는 스테이크에 곁들일 가니쉬를 올리는 것도 잊지 않았다. 왜 두 덩이지? 스스로에게 물었지만 내 자존심은 굳이 두 덩이여야 한다고 우겼다. 고기가 익어 가는 소리가 관능적으로 들렸다. 내 침샘은 주체할 수 없이 폭발했고 나는 익어 가는 스테이크를 보며 속삭였다.

"다 먹어 줄게. 난 널 책임질 거야."

자연이 파괴되는 일은 너무 가슴 아프고 슬픈 일이 아닐 수 없다. 그 중에서도 환경 파괴에 앞장서는 축산업의 발전이 자연에 미치는 어마어마한 폐해에 대해서도 익히 알고 있다. 나도 자연을 보호하고 싶지만 육식을 하지 못하면 자연이 파괴되는 꼴을 보기 전에 내가 먼저 죽고 마는 말 못 할 진실이 있다. 나는 목음 체질이다. 때문에 폼 나게 채식주의를 선언하지 못한다. 지난 가을이었던가 아무 이유도 없이 갑자기 식단을 바꿔보고 싶어졌었다. 그래서 즐겨 먹던 고기들을 냉장고에서 모조리 없애고 대신 싱싱한 채소와 과일들을 보기 좋게 채워 넣었다. 처음에는 건강해지는 것 같았다. 하지만 3일이 지나고 열흘이 되자 몸 컨디션이 예전 같지 않다는 걸 느꼈다. 얼굴은 생기를 잃어 갔고 하루 종일 기운이 없었고 무엇보다 화장실을 가는 게 끔찍한 고통으로 이어졌다. 결국 내과를 비롯해서 항문외과까지 다녀야 했고 알음알음 알게 된 유명한 한의원 진료를 받고 나서야 거짓말 조금 보태서 나는 빨간 고기를 먹지 않으면 죽을 수도 있다는 말을 듣게 되었다. 다시 생각을 고쳐먹어야 했다. 그렇게 나는 채식 선언 보름 만에 슬그머니 다시 육식파로 컴백했고 다시 건강해졌다.

시어링한 안심을 꺼내서 기름 망 위에 놓고 레스팅이 되도록 잠시 그대로 두었다. 그 사이에 소스를 만들었다. 팬에 육즙과 섞인 버터 물을 약간 남기고 A1 소스와 설탕 두 티스푼을 넣고 졸이기 시작했다. 감칠맛 나는 향기가 온 집 안에 새롭게 입혀졌다. 알맞게 레스팅 된 안심을 두 접시에 나눠서 담았다. 그럴듯하게 플레이팅을 마치자 침이 목구멍으로 끊임없이 넘어갔다. 허기가 밀려와서 손이 떨릴 지경이었지만 인증 샷도 포기할 수 없었다. 이리저리 짧은 동영상을 여러 장 찍고 그중에서 가장 마음에 드는 동영상을 골라 릴스에 올렸다. 혼자만의 만찬이라는 해시태그도 달았다. 있어 보였다. 드디어 나이프를 움켜쥐고 스테이크를 큼지막하게 썰어서 입안으로 밀어 넣었다. 육즙이 흘러나오며 바닥난 내 기력을 조금씩 회복시켜 주었다. 마음의 허기는 육신의 공복감을 일으키고 공복감은 식탐을 동반한다. 하지만 오늘만큼은 절대로 토하는 일은 만들지 않을 자신이 있었다. 내 앞에는 금세 빈 접시가 놓여졌다. 나는 내 앞의 빈 접시를 옆으로 밀어 놓고 맞은편에 놓아 둔 새 접시를 끌어 당겼다. 그의 몫이었던 안심도 내 안심처럼 맛이 좋았다. 나는 이른 새벽에 이 인분의 스테이크를 거뜬히 먹어치웠다. 식사를 마치고 곧바로 설거지도 했다. 그리고 집 안에 있는 창문이란 창문을 모두 열었다. 좋아하는 인센스 향을 골라서 스틱에 불을 붙였고 욕실로 향했다. 내 몸에 남아 있는 고기 냄새와 아직 배어 있을 그의 냄새까지 깨끗이 씻어 낼 작정이었다. 평소보다 긴 샤워 시간으로 피부가 벌겋게 달아올랐지만 그럴수록 쾌감이 느껴졌다. 사랑 앞에 이성을 잃은 내 심신이 조금씩 제자리를 찾아가는 것 같은 착각도 들었다. 유부남과의 연애로 망가진 내 자존감은 우울증 증세로 나타났고 약을 먹고서야 그나마 버틸 수 있는 지경이 되지 않았던가. 그를 사랑하면 사랑할수록 나는 비참해졌다. 그 비참함을 끊어 낼 수 있는 건 오직 나 자신뿐이라는 긍정의 기운이 차올랐다. 욕실을 나간 순간부터는 절대로 약 따위에 의존하지 않겠다고 나 스스로에게 다짐했다. 다시 건강해지고 싶었다. 그렇게 어제와는 다른 아침을 기대하며 잠이 들었다.

나를 깨운 건 핸드폰 벨소리였다. 간밤에 핸드폰을 진

동으로 해 두는 걸 깜빡한 결과다. 이불을 머리까지 뒤집어쓰고 식전 댓바람부터 전화를 걸어대는 무례한 사람을 향해서 욕 한바가지를 퍼부었다. 효과가 있었다. 나는 더 자고 싶었고 다시 잠을 청하려던 순간 다시 벨소리가 울렸다. 이불을 걷어 내고 핸드폰을 찾았다. 여의도 최 대표였다. 어디! 내 단잠을 깨울 만큼 대단한 그 뉴스가 도대체 뭔지 들어나 보자는 불경스런 마음으로 전화를 받았다.

"강 작가님 자는 거 깨웠죠? 미안해요. 이걸 알려야 되나 말아야 되나 고민했는데 결론은 알려야 된다…… 예요. 박 감독 있잖아요?"

"네. 그런데요?"

나는 상대방의 말문을 막는 재주를 가졌다. 내 말투에 잠시 머뭇거리며 말을 잇지 못하던 최 대표는 최대한 조심하며 말을 이어 갔다.

"박 감독이 지금 신촌 세브란스 영안실에 안치돼 있다고. 간밤에 자다가 갑자기 죽었다는데 이게 다 무슨 일인지 모르겠어요. 저희는 오전에 일정이 있어서 퇴근 시간쯤 가게 될 거 같아요. 작가님도 가실 거면 혼자 가시지 말고 저희랑 같이 가시면……."

나는 내가 지금 무슨 말을 듣고 있는 건지 이성적으로 판단되지 않았다. 말도 안 되는 소리라 어이없는 헛웃음이 나왔다. 최 대표가 말하는 박 감독……. 그 박 감독은 불과 몇 시간 전 까지만 해도 내 집. 내 침대 위에서 나와 같이 뒹굴며 물고 빨던 그 사람이다! 그런 그가 죽어? 영안실? 나는 얼른 통화를 스피커폰으로 돌리고 혹시 그의 연락을 놓친 게 있는지 확인했다. 그의 문자가 있었다.

「힘들어하는 너한테 아무것도 해 줄 수 없는 내가 정말 못 견디게 끔찍해. 화가 나서 미쳐 버리겠어. 이러다가 정말 널 놓쳐 버리는 건 아닌지……. 나. 이대로는 내가 정말 안 되겠어. 오늘이 마지막이야. 오늘만 이해해 줘. 오늘 이 시간 이후로는 정말 떳떳해져서 네 앞에 선다고 약속할게. 사랑해. 죽을 때까지. 죽어서도 영원히 너만 사랑할게.」

나를 침대 위에 남겨 두고 빈속으로 부인에게 돌아가기 위해서 차에 올라타던 순간에도 나를 놓지 못하는 그가 눈앞에 나타났다. 귀에서 싸이렌이 울렸다. 나는 겨우 최 대표한테 그러겠다고 대답을 하고서 전화를 끊었다. 그는 그의 죽음을 예견한 걸까. 이럴 줄 알았으면 어젯밤 그의 냄새를 지우는 샤워 따위는 하지 말았어야 했다. 나를 향해 웃는 그의 뺨을 후려치지 말았어야 했다. 아니 그의 결혼식을 끝으로 그에게서 나를 떼어 냈어야 했다. 아니. 아니. 망할 놈의 동전 던지기를 뜯어말렸어야 했다. 늦었다. 모든 게 늦어 버렸다. 마지막일 거라고는 전혀 생각하지 못했다. 그가 없는 세상을 미처 준비하지도 못했다. 눈물을 닦았다. 울 자격도 없다. 나는 아무것도 하지 않았다. 황망하게 짧은 생을 마감한 그를 추모하지도. 혼자 남겨진 나를 가엽게 여기지도 않고서 숨만 쉬었다. 정확히 말하면 숨이 나를 쉬고 있었다. 그러다가 문득 그의 죽음이 타살은 아닐까 하는 무서운 생각이 스쳤다. 새벽에 들어간 그가 부인과 심하게 다툰다. 더 이상 너랑 못 살겠다며 나와의 관계를 밝힌다. 눈이 뒤집힌 부인이 부엌칼로 그를 죽인다……. 아니다. 어쨌거나 상대는 여자고 세상 건장한 그가 여자 하나를 이기지 못했을 리가 없다. 눈을 감았다. 그의 마지막 문자가 눈앞에서 아른거렸다.

「오늘 이 시간 이후로는 정말 떳떳해져서 네 앞에 선다고 약속할게.」

"자기. 설마. 날 사랑하기 위해서 자살을 선택한 거야?"

눈을 떴다. 갑자기 그가 가지고 다니던 갈색 병이 떠올랐다. 그가 해외에서 직구한 니코틴 원액이 들어 있는 바로 그 갈색 병이었다. 그는 입으로 호흡하는 액상 담배를 피웠는데 그가 뿜어내는 연기에서는 달착지근한 청포도향이 났었다. 그는 니코틴 원액을 인터넷으로 주문해서 자기 취향에 맞게 니코틴 함량을 조절해서 피

운다고 말했었다. 우연인지 필연인지 며칠 전에 니코틴 원액을 마시고 자살에 성공한 사람에 관한 기사를 읽었던 기억도 떠올랐다. 왜 그가 하필이면 니코틴 자살을 택했을 거라고 생각했는지는 알 수는 없지만 어쨌든 미련한 그가 대책도 없이 니코틴 원액을 원 샷으로 들이킨 것만은 아니기를 바랐다.

그날 저녁 최 대표를 따라 장례식장 안으로 들어섰다. 빈소는 상복을 입은 그의 아내가 지키고 있었다. 그녀는 키가 컸고 여자치고는 덩치도 상당히 좋았다. 그가 왜 나만 만나면 나를 번쩍번쩍 안아 올리며 귀여워했는지 알 것 같았다. 저 정도 몸집이라면 가능하지 않을까……. 덩치 좋은 저 여자가 휘두른 칼이라면 아무리 건장한 그였어도 꼼짝없이 당해서 무참하게 쓰러졌을 수 있을 것 같아 보였다. 나는 다시 정신을 차렸다. 어쨌든 나는 그의 영정 사진을 외면했고 최 대표 일행과 나란히 조문을 마쳤고 그의 아내와 짧은 인사를 나눴다. 짙은 속눈썹을 가진 그녀는 무슨 이유에서인지 그 뒤로 자꾸만 나와 눈이 마주쳤다. 직감적으로 나를 알아보는 건가 싶어서 긴장이 됐지만 당사자도 죽은 마당에 그게 다 무슨 소용일까 하는 뻔뻔함도 생겼다. 망할 놈의 여편네! 자살을 빌미로 그를 잡아 두고 내게는 상간녀 낙인을 찍어서 나를 그림자처럼 숨어 살게 만들었다. 남편에게 내연녀가 있다는 걸 모를 리 없었음에도 전혀 문제 삼지 않았다. 그리고는 기어이 그 새벽에 내게서 그를 떼어 내서 비명횡사하게 만들었다. 머리끄덩이를 잡아채고 왜 그를 죽게 만들었냐고 따지고 싶었다. 그의 사랑은 네가 아니라 나였다고 확인시켜 주고 싶었다. 너만 아니었다면 우리는 세상에서 가장 아름다운 사랑을 했을 거라고 알려 주고 싶었다. 득달같이 그녀에게 달려들어 모조리 물어뜯어 버리고 싶은 충동이 밀려왔다. 하지만 이곳은 보는 눈이 많고 나는 그저 공적으로 앞면이 있는 지인 장례식에 참석한 아무 영향력 없는 일개 조문객에 불과했다. 그리고 무엇보다도 내 남자의 마지막 길을 내가 망쳐서는 안 된다는 사실을 상기했다. 이제 서야 내 사랑을 망가트린 철천지원수를 만났지만 지금은 자중자애 할 때였다. 끓어오르는 분노를 누르고 기필코 후일을 도모하겠노라며 그럴듯하게 포장했지만 나는 기껏해야 원수를 힐끔거리며 훔쳐보는 비굴한 상간녀일 뿐이었다. 죽은 그에게 이런 내 모습을 들킨 것 같아서 부끄러웠다. 그 순간 그녀의 슬픈 표정너머로 자기 스스로를 사랑의 승자쯤으로 여기는 건방진 자부심이 보이는 것 같았다. 나는 아무 반박도 하지 못하고 슬그머니 그녀에게서 시선을 거뒀다. 그리고 내 앞에 놓인 만만한 육개장 국물만 휘적거렸다. 하늘이 야속했다. 나는 단지 사랑을 했을 뿐인데. 이렇게 무방비 상태로 사랑을 빼앗겼어야만 하는 건가하고.

나는 사랑하는 사람을 잃었다. 원수는 사랑하는 남편을 잃었다. 이제 그는 그 누구의 것도 아닌 그 자신으로 존재한다는 사실만으로 적잖은 위안이 됐다. 집에 돌아가면 진정한 자유를 찾은 그를 위해 조촐하게나마 축배를 들어 줘야겠다고 마음먹었다. 최 대표 일행과 헤어져서 집으로 돌아오는 길에 집 앞 편의점에 들러 소주 한 병을 샀다. 집에 돌아온 나는 술 한 잔을 따라서 그가 가져다 놓은 감독 의자 위에 올려놓고 그 앞에 궁상맞게 쭈그려 앉았다. 그를 쳐다보듯이 술잔을 바라봤다. 그렇게 한참 술잔을 지켰지만 술잔을 가득 채운 술은 조금도 줄어들지 않았다. 더 지켜본들 달라지지 않는다는 사실에 흥미를 잃고서 곧장 방으로 돌아와서 침대 위로 쓰러졌다. 오늘은 정말이지 너무나 긴 하루였고 죽을 만큼 힘든 하루였다. 다시는 눈뜨고 싶지 않은 그런 하루였다. 슬픔에 지친 나는 깊은 잠에 빠졌다.

눈을 떴다. 시간을 확인하자 정오가 훌쩍 넘어 있었다. 나는 느릿느릿 침대에서 빠져나와 주방으로 향했다. 습관적으로 물 한 잔을 들고 식탁에 앉아 무심코 감독 의자를 쳐다보았다. 술잔이 비워져 있었다. 퉁퉁 부어서 불편한 눈을 비비며 다시 확인했지만 역시 술잔은 비워져 있었다. 나는 마시지 않았다. 마신 기억이 없다. '혹시 내가 잠든 사이에 그의 영혼이 와서 마시고 간 건가……?' 순간 내 주먹이 머리를 강타했다. 나는 단 한 번의 주먹질로 의문스러운 빈 술잔에 대한 미스터리를 묻어 버리기로 했다. 하지만 이번엔 낯선 냉동고가 눈에 들어왔다. 분명히 뭔가가 이상한데 콕 집어서 이점이 이상하다라고는 말하기가 곤란했다. 꺼림칙한 기분으로 냉동고에 시선을 둔 채 물을 마셨다. 똑. 똑. 똑. 갑자기 노크 소리가 들려왔다. 물을 뿜을 뻔했지만 침착하게 컵을 내려놓고 입안에 남아 있던 물을 마저 삼켰다. 주위는 다시 쥐죽은 듯 조용해졌다. 나는 남은 잠을 마저 털어 내기 위해 머리를 흔들었고 악몽 후유증일 거라고 나를 안심시켰다. 바로 그때였다. 똑. 똑. 똑. 노크 소리였다. 분명히 냉동고에서 나는 소리였다. 내가 놀라서 호들갑을 떨며 자리에서 일어나는 바람에 의자가 요란한 소리를 내며 바닥에 나동그라졌다.

“거기 있는 거 알아. 이 문 좀 열어 봐. 문 좀 열어 줘.”

그의 목소리였다. 하지만 내가 세상에서 가장 사랑했던 그 사람은 이제 이 세상 어디에도 없다. 상복을 입은 그의 아내가 그림처럼 빈소를 지켰고 나는 사람들 틈에 섞여 적당히 슬픈 표정으로 문상을 마치고 집으로 돌아왔다. 살아서도 그랬지만 죽은 그를 두고도 나는 떳떳하게 울지 못했고 비겁하게 집에 돌아와서야 참았던 울음을 울 수 있었다. 그리고 방금 전까지 끔찍한 악몽에 시달리다가 겨우 잠에서 깼다. 아직 자고 있는 건가. 아직 꿈속인건가. 그렇다면 깨고 싶지 않다. 깨지 말자. 깨면 안 돼. 하는 중에도 또 다른 욕심이 튀어 나왔다. 꿈이라면 너무 허탈할 것만 같았다. 차라리 지옥 같은 현실을 견디지 못한 내가 미쳐 가는 거였으면 하고 바랐다. 그도 아니면 그를 잃어버린 내 육신이 삶의 의욕을 잃어버리고 알아서 생명의 끈을 놓아 버린 거라면 얼마나 좋을까 하는 생각도 들었다. 그 순간 내 심장이 꿈틀거렸다. 그와 함께 있을 때만 나타나는 특이한 심장의 꿈틀거림이었다. 혼란스러웠지만 정신이 번쩍 들었다. 나는 그의 죽음을 확인한 순간부터 내가 알고 있는 세상의 모든 신에게 내 모든 걸 걸고 간절히 기도했다. 단 한 번만이라도 그를 만나게 해 달라고. 그 기도에 신이 응답했다. 나는 용기를 내서 냉동고 앞으로 다가가서 떨리는 손을 뻗어 냉동고 손잡이를 잡았다. 1초. 2초. 왈칵 눈물이 쏟아졌다. 내 손끝에서 그의 존재감이 전해졌다.

"자…… 기야?"

냉동고 문을 열자 몸을 잔뜩 웅크린 불편한 자세로 서 있는 파리한 모습의 그가 나를 맞았다. 내 눈앞에 펼쳐진 상황이 도무지 믿겨지지가 않았다. 말이 되질 않았다.

"어떻게 이런 일이…… 자기가 왜? 왜 여기 들어가 있어?"

내 말을 들은 그는 자기도 잘 모르겠다는 듯 코로 웃어 보였다. 익숙한 그의 습관을 확인하자 안심이 됐다. 얼어 버린 그의 눈동자는 낯설었지만 나를 바라보는 깊은 시선도 느껴졌다. 우리는 헤어진 지 하루 만에 믿어지지 않게 다시 재회했고 비현실적이지만 이렇게 마주보고 있다. 죽은 그를 다시 만난 감격만으로도 나는 충분히 행복했다. 그런 내 마음을 말하려고 했지만 그가 내 입술을 만지려 손을 뻗는 바람에 아무 말도 하지 못했다. 입술을 만진 그는 이번에는 내 뺨을 어루만졌다. 상상을 초월하는 냉기 때문에 온몸에서 한기가 느껴졌지만 마음은 말할 수 없이 따뜻했다. 하지만 눈치 없는 내 피부가 오돌토돌 닭살로 변하자 그는 미안한 마음에 나한테서 손길을 거두려고 했다. 나는 얼른 그의 손을 다시 잡아서 내 뺨에 가져다 댔다. 나도 그처럼 얼어버리고 싶은 마음뿐이었다. 나는 기쁨의 눈물을 흘렸다. 내 눈물 한 방울이 그의 손등 위로 떨어졌다가 순식간에 얼음 알갱이로 변해서 튕겨져 나갔다. 튕겨져 나간 눈물 알갱이는 정체 모를 물 위로 떨어져서 순식간에 사라져 버렸다. '웬 물이지?!' 하고 나는 의아했고 곧바로 냉동고 문을 열어 둔 바람에 냉동고에서 얼음과 성애가 녹아내리고 있다는 사실을 깨달았다. 그가 녹고 있다. 나는 얼른 냉동고 문을 닫고 온도를 최대치로 낮췄다. 난국을 헤쳐 나가야 한다. 나는 야무지게 눈물을 닦으며 우리에게 말했다.

"냉동고를 바꿔야겠어."

냉동고에 등을 기댄 채 내 허벅지를 세게 꼬집었다. 무지 아팠다. 현실이다. 죽어서라도 그를 만나려던 무모한 내 계획은 이제 쓸모가 없어져 버렸다. 오늘이 며칠인지 내가 놓인 현실이 정확하게 어떤 상황인지를 인지할 만큼 나는 지극히 정상이었다. 그 어느 때보다 정신이 맑았고 어쩌면 하늘을 날 수도 있지 않을까 싶을 정도로 컨디션이 최상이었다. 어떤 눈속임도 없는 현실에서 그가 다시 내 앞에 나타났고, 따라서 내 계획은 전면적인 수정이 시급해졌다. 갑자기 마음이 조급해지면서 현기증이 났다. 사물들이 빙글빙글 돌면서 나한테로 쏟아져 내리는 것 같아서 자리에 풀썩 주저앉았다. 누가 내 의사도 묻지 않고 내 공간에 그를 가져다 놓은 걸까 궁금했지만 결과만 놓고 보자면 그건 중요한 문제가 아니었다. 어차피 그 누군가를 알아낸다고 해도 결국은 내 진심을 꾹꾹 눌러 담아 감사 인사를 전하는 게 전부였을 거다. 그 누군가만 원한다면 내 머리를 빡빡 밀어서 짚신이라도 만들어 줄 수 있다. 아무튼 그 누군가 덕분에 유부남이 되어서도 나를 놓지 못하고 사랑하던 그와 연인의 죽음을 확인한 나는 죽음과 상관없이 계속 사랑할 수 있게 되었다. 그는 죽었지만 내 앞에 살아 있었다. 이제야 온전히 내 것이 되었다. 죽음조차도 우리를 갈라놓지 못했다. 우리의 사랑은 정말이지 대단한 사랑임에 틀림없었다. 얼어 죽을 정전만 일어나지 않는다면!

우리는 서로를 향해 동시에 말했다.

"자기는 변함없이 내 세상 전부야."

다시 만난 우리는 달라진 상황에 빠르게 적응해 갔다. 무엇보다 급한 건 그를 위한 새 냉동고를 마련하는 일이었지만 나는 어떤 냉동고를 사야 할지 몰라서 막막하기만 했다. 이런 내 마음을 알 리 없는 그는 시도 때도 없이 냉동고 문을 두드리며 나를 찾았다.

"내 거 보고 싶어."

"내 거 무슨 생각해?"

"내 거 뭐 하고 있어?"

그럴 때마다 나는 냉동고 문을 열고 그 틈으로 보이는 그를 달랬다.

"우리한테 최적인 냉동고를 찾고 있는 중이야. 기대해도 좋아."

큰 소리는 쳤지만 막상 그에게 맞는 맞춤 냉동고를 특수 제작하려니 쉬운 일이 아니었다. 내 상심이 깊어질 때 쯤 우연히 중고나라에 올라온 냉동고 하나를 발견하고 유레카를 외쳤다. 역시 나는 우주 최강 행운아다. 내가 찾아낸 냉동고는 정육점에서 사용하는 유럽형(내치형) 정육 쇼 케이스 냉동고였는데 대형 마트 정육 코너에서 너무도 당연하게 봐 오던 바로 그 냉동고였다. 드디어 며칠 뒤에 커다랗고 멋진 쇼 케이스 냉동고가 우리 집 거실 중앙에 설치되었다. 설치 기사는 호기심 어린 표정으로 나를 살폈고 제 발이 저린 나는 나를 푸드스타일리스트라고 소개했다. 설치기사는 두세 시간 후에 냉동고 사용이 가능하다는 말과 시간 상관없이 언제든 연락을 받을 수 있다며 자기 명함을 내 손에 쥐어 주고 돌아갔다. 현관문이 닫자마자 그의 투정이 들려왔다.

"미친놈. 어디서 수작질이야!"

질투하는 그를 안 듯 곧 버려질 냉동고를 안으며 내가 말했다.

"그래도 명함은 버리지 않을 거야. 우리를 도와줄 유일한 사람이거든. 그러니까 자기는. 눈 똑바로 뜨고 세상의 모든 수작질로부터 날 지키란 말이야."

세 시간 뒤 그를 맞을 새 냉동고가 완벽하게 준비를 마쳤다. 우리는 서둘러 이사를 시작했다. 나는 그가 부서지지 않도록 신중의 신중을 기했고 순조롭게 진행되는 듯 했지만 마지막으로 그가 오른 발을 넣으려던 순간 그만 쇼 케이스 모서리에 발가락이 부딪히고 말았다. 둔탁한 소리와 함께 그의 새끼발가락이 떨어져 나갔다. 너무 놀란 나는 그의 깨진 발가락을 들고 호들갑을 떨었지만 그는 아무렇지 않다며 나를 안심시켰다. 울먹이던 나는 깨진 발가락 단면에 물을 발라 조심스럽게 그의 오른 발에서 떨어져 나온 새끼발가락을 붙였다. 감쪽같이 그의 몸이 온전해졌다. 우리는 성공적으로 이사를 마쳤고 거실에 우리의 새 보금자리를 완성했다. 꿈만 같은 진짜 동거가 시작되었다. 내 일상은 많은 것들이 달라졌다. 나의 시간 대부분은 그가 있는 거실을 중심으로 이루어졌다. 그가 보는 데서 밥을 먹었고 함께 영화를 봤고 그의 속삭임을 들으며 소파에서 잠이 들었다. 나는 조금씩 활력을 되찾아갔다. 그리고 자연스럽게 그의 죽음에 대한 진실도 알게 되었다. 어느 날 늦은 밤이었다. 나는 그의 죽음이 자살이었던 거냐고 물었고 그는 고개를 흔들었다. 정확하게 말하면 타살과 자살이 5:5 정도 되지 않겠냐면서. 그날. 집에 돌아간 그는 평소와 달리 자기를 차갑게 대하는 부인을 만났단다. 직감적으로 우리 사이를 알게 된 거구나 싶었지만 그렇다고 솔직하게 털어 놓고 싶지도 않았다고 했다. 뒷일을 생각해서 비겁하게 군 건 절대 아니라는 말을 덧붙였다. 그리고 때마침 운명의 장난처럼 새로 주문해 둔 니코틴 원액 두 병이 사라진 걸 알게 되었고. 부인은 그가 잠자리에 들기 전에 의문의 한약을 그에게 건넸단다. 부인의 눈빛이 심하게 흔들리고 있었지만 보란 듯이 단숨에 한약을 마셔 보였다고 했다. 한 방울도 남기지 않고. 그는 그 행동이 자기가 죽는 한이 있어도 더는 그 여자와 살지 않겠다는 의지였다고 했다. 그리고 지금까지도 그 행동에 대해서 한 번도 후회한 적은 없다고 했다. 모지리. 칠푼이.

늦은 아점을 먹고 오후에 약속된 미팅 준비를 하느라 소파에 앉아서 화장을 하고 있었다. 빈약한 속눈썹은 뷰러를 이용해서 아찔한 C컬로 만들고 막 마스카라를 칠하려던 순간 그의 혼잣말이 들려왔다.

"내 거 안고 싶다."

내가 멈칫하고 그를 쳐다봤다. 나와 눈이 마주친 그는 본인 스스로도 말이 안 된다고 느꼈는지 "말도 안 되는 소리지." 하며 말끝을 흐렸다. 나를 안고 있으면서도 더 사랑할 수 있는 방법에 대해 고심하던 그였다. 시간이 더할수록 나에 대한 사랑이 감당할 수 없을 만큼 커져만 갔댔다. 나에 대한 사랑이 도대체 어디까지인지 자기도 무섭고 두렵다고. 그 큰 사랑을 표현하기에는 세상의 한계가 느껴진다며 한계의 벽을 허물고 싶다고 했었다. 나에 대한 사랑을 완벽하게 펼칠 수 있는 세상을 만들어 보이고 싶고 그 세상을 내게 선물하고 싶다고도 했다. 지금 그에게는 내 위로가 필요한 순간이었다. 실의에 빠진 그를 위해서 내가 할 수 있는 게 뭘까 고민했지만 마땅한 해결책이 떠오르지 않았다. 나는 소파에서 일어나서 몸이 시키는 대로 입고 있던 옷을 하나둘 벗으며 그에게로 다가갔다. 그는 그런 내 모습에 아주 잠깐 당황했지만 이내 죽기 전처럼 내 몸을 감상하며 흡족한 미소를 지어 보였다. 그 미소를 보자 마음이 놓였다. 말의 위로는 그날의 날씨와 공간과 냄새 그리고 상대의 기분에 따라 왜곡되기도 하지만 몸이 말하는 위로는 있는 그대로 상대방에게 전달된다. 가장 정직하게 직진한다.

내가 쇼 케이스 가까이에 서자 그는 내 몸을 만지듯 쇼 케이스 유리에 손가락을 대 보았다. 그리고는 천천히 내 보디 라인을 따라서 그려 내려갔다. 나는 그 손길을 느끼기 위해 눈을 감았고 우리가 사랑을 나눌 때처럼 내 오감에 집중했다. 잠시 뒤 훌쩍이는 소리에 당황해서 내가 눈을 떴을 때 그는 울고 있었다. 그의 눈에서 얼음 알갱이가 자꾸만 또르르 하고 굴러 떨어졌다. 모든 게 무너져 내릴 것만 같은 절망감에 숨이 턱하고 막혔다. 전적으로 우리를 지지하던 하늘은 변덕스러운 그 마음을 바꿔버렸고, 대신 가혹한 현실을 우리 앞에 펼쳐놓고 구경만 하고 있었다. 우리를 시험에 들게 했다. 이제 우리가 믿을 구석은 우리 둘뿐이다. 하늘을 버리자.

그는 죽기 전에 입버릇처럼 내 머리끝부터 발끝까지 하나도 남김없이 먹어 버릴 수 있을 만큼 나를 사랑한다고 했었다. 단 내가 그걸 원해야 하고, 연인을 먹는 행위가 사랑을 완성하는 인류 최고의 가치라면 결코 불가능한 일이 아니라고 했다. 그러면서 사랑하는 연인이 완전하게 하나가 되는 거룩한 방법이기 때문에 누가 먹는지는 중요하지 않다고도 했다. 먹힘을 당한 사람은 자기를 먹은 사람의 눈으로 같은 곳을 바라볼 수도 있고 생각을 공유할 수도 있다. 그 어떤 물리적인 헤어짐 없이 완벽한 인간 자웅동체로 부활하게 된다는 게 그의 논리였다. 정신병적인 이유로 인육을 먹는 끔찍한 카니발리즘(Cannibalism)과는 차원이 다른 고차원적인 사랑 증명법이라는 궤변이었다. 하지만 내 귀에는 그 말이 나에 대한 깊은 사랑 고백으로 들렸다. 나는 아무 망설임 없이 그의 입에 내 손가락을 밀어 넣으며 먹어 보라고 보챘고 그는 내 손가락을 깨무는 척 먹는 시늉을 해 보였다. 사랑스러운 아기들의 그 소시지 같은 팔과 다리를 보면 깨물고 싶어서 어쩔 줄 모르겠는 그런 마음으로. 예쁘고 아름답고 멋진 것을 볼 때보다 훨씬 강력한 그 감정은 보는 사람으로 하여금 치를 떨게 만든다. 그 귀여움을 감당하지 못한 입에서는 정체 모를 방언도 마구 쏟아져 나온다. 항상성을 유지해야 하는 우리 뇌는 과도하게 마음이 가는 것을 마주하면 극도로 행복해진 긍정적 감정을 조절하기 위해서 그와 상반되는 부정적 감정인 공격성을 내보내 감정의 균형을 맞추는 현명함이 탑재되어 있다. 격한 행복을 통제하지 못해서 불능의 상태가 되는 것을 막기 위한 일종의 심리 기제다. 너무 슬프거나 힘들 때 헛웃음이 나는 것처럼. 어쨌든 그렇게 무지막지하고 원초적인 방법으로 사랑을 확인한 우리는 그 절절함이 채 가시기도 전에 서로를 안고 마음과 몸이 가는 대로 본능을 따랐다. 소심하게 상대를 깨물었고 또 즐거운 비명을 지르며 세상 누구보다 행복해했다. 그런 행위들은 우리를 가슴 벅차게 만들었고 코끝이 찡해지는 뭉클함을 선사했다. 내 사랑은 이 정도야 라는. 나는 더 이상 만족스러울 수 없을 만큼 만족스러운 사랑을 하고 있어 하는. 하지만 지금 생각해 보면 서로의 사랑이 더 크다며 사랑의 크기를 재는 미숙한 연인들의 모습과 별반 다르지 않았다.

서글픔에 무너져 내린 나를 바라보던 그가 조심스럽게 입을 뗐다.

"기억나? 완전한 하나가 될 수 있는 방법."

나는 그가 원하는 게 뭔지 단번에 알아들었고 순식간에 위액이 식도로 넘어와서 헛구역질을 해대기 시작했다. 고통스럽게 헛구역질을 하는 나를 지켜보던 그가 다시 슬픈 표정으로 고개를 떨궜다. 나한테서 시선을 거뒀다. 바로 지금이 그에게서 도망칠 기회였다. 나는 벌거벗은 흉한 모습 그대로 방으로 뛰어 들어와 방문을 걸어 잠갔다.

"미쳤어! 미쳤나 봐. 아주 제대로 미쳤어!"

막연하지만 내가 먹어 달라거나 그가 나를 먹어 버리겠다거나 했던 건 어디까지나 상대를 그만큼 많이 사랑한다는 표현의 일종이었다. 현실에서 벌어질 만한 사안이 아니란 말이다. 그래. 그의 말에 백 번을 양보한다 치자. 사랑의 완성이라는 명분 아래 어느 누군가는 식인종이 되어야 하는 일이다. 더군다나 지금 그 누군가는 하필 나였다. 어차피 장례까지 마쳤고 이미 죽어 버린. 얼어 버린 그를 내가 먹어 치운다고 한들 죄가 될 게 없다는 궁색한 변명. 만에 하나 입장이 바뀌어 내가 그에게 나를 먹어 달라고 했다면 그는 기쁜 마음으로 나를 먹었을 거라는 허황된 변명. 그렇게라도 해서 절대로 우리가 헤어지는 일을 만들지 말자는 억지. 개소리 따위.

"온전한 사람이 한 말이 아니야. 대꾸할 가치도 없어."

저녁도 거르고 씻지도 않은 채 침대에서 꼼짝도 하지 않았다. 다행히 내 심기를 건드리지 않으려는 듯 거실에서는 아무 소리도 들려오지 않고 조용했다. 문득 궁금했다. 과연 먹히는 쪽의 사랑이 더 큰 걸까 먹는 쪽의 사랑이 더 큰 걸까 하는. 하지만 곧바로 머리를 흔들었다. 기네스북에 오를만한 기염을 토할 일이었고 세상에서 가장 멍청하고 끔찍한 짓이다. 상대방과 극도의 일체감을 느끼려는 병적인 망상이자 작고 사소한 망상들로 점철된 환장할 망상의 극치. 썩을 놈의 대 망상이다…….

내 앞에 놓인 만만한 육개장 국물만 휘적거렸다. 갑자기 번잡하던 장례식장이 고요해졌다. 쥐 죽은 듯 조용한 적막감에 놀라서 고개를 들자 장례식장 안은 텅 비어 있었다. 빈소를 지키던 그녀도 내 앞에서 소주잔을 홀짝이던 최 대표와 일행들도 모두 사라지고 없었다. 나만 남기고 세상 모두가 사라졌다. 겁이 났지만 한편으로는 다행이라는 생각이 들었다. 나는 누구의 방해도 받지 않고 내 남자의 영정 사진 앞에 설 수 있었다. 육개장을 뒤로하고 일어선 나는 흰 국화로 가득한 안치단 중앙에 놓인 그의 영정 사진을 꺼내 들고 가슴에 안았다. 마음 놓고 울었다. 한참을 울었고 더 이상 눈물이 나오지 않는다는 걸 깨달은 나는 영정 사진을 제자리에 두고 빈소를 나왔다. 무작정 걸었다. 오늘 처음 방문한 낯선 장소였지만 내 발은 내가 어디로 가야 할지를 정확하게 알고 있는듯했다. 그렇게 한동안 걷다보니 진한 알코올 냄새가 진동하기 시작했고 나는 영안실이 가까워지고 있다는 걸 깨달았다. 잠시 뒤에 나는 정말 영안실 앞에 서 있었다. 망설임 없이 영안실 문을 열고 안으로 들어갔다. 방 안의 서늘함이 내 날숨을 허연 입김으로 만들었다. 나는 한쪽에 쳐진 커튼을 발견했고 그 커튼을 힘껏 열어 재끼자 안치실 냉동고가 모습을 드러냈다. 나는 어렵지 않게 그의 이름을 찾아냈고 그가 들어있을 안치기 문을 열었다. 싸늘하게 식은 내 남자가 나를 맞았다. 그에게 말했다.

"집에 가자. 그만 가고 싶어."

나는 시신 운반기에 그를 싣고 영안실을 빠져 나와 엘리베이터를 타고 지하 주차장으로 내려왔다. 지하 2층에서 엘리베이터 문이 열리자 주인을 잃은 자동차들이

을씨년스럽게 자기들 구역에 박제되어 있었다. 나는 뒷좌석에 그를 뉘이고 운전석으로 올라타서 시동을 걸었다. 에어컨을 켰다. 병원을 빠져나와 막 도로에 진입했지만 아무렇게나 정차돼 있는 차들이 카트라이더에 나오는 트랩처럼 내 진로를 방해해 왔다. 십 년 무사고 운전 실력을 가진 나는 절묘한 핸들링으로 방해물들을 보기 좋게 따돌리며 진격했다. 아름다운 야경이 우리의 새로운 출발을 축하해 주고 있었다. 우리는 짧은 드라이브를 마치고서 집에 도착했다. 나는 서둘러 냉동실을 비워 냈고 그가 냉동실 안에 자리를 잡을 수 있도록 그를 부축했다. 그리고는 방으로 돌아와 죽은 듯이 깊은 잠에 빠졌다. 악몽을 꾸었지만 최상의 컨디션으로 잠에서 깼다. 우리는 다시 마주했고 미처 하지 못했던 말들을 나눴다.

그는 내가 자기를 먹어 주길 간절히 원했고 나는 그의 부탁을 거절할 만한 이유를 찾지 못했다.

"사랑해."

우리는 서로의 마음을 한 번 더 확인했다. 나는 우리의 역사적인 순간을 준비하기 시작했다. 역사는 그가 완성할 거였고 나는 그의 지시만 따르면 됐다. 그는 결코 어려운 일은 아니지만 그 일은 오직 나만 할 수 있는 일이라며 나를 격려했다. 그 말에 용기를 얻은 나는 집에 있는 칼이란 칼을 모조리 꺼내서 그가 직접 고를 수 있게 바닥에 펼쳐 놓았다. 그는 신중했다. 잠깐의 고민 끝에 드디어 그가 칼을 골랐고 나는 칼을 들어서 야무지게 쥐어 보였다. 그가 흡족해하며 좀 더 서두르자고 나를 재촉했다. 나는 칼을 쥔 채로 홀린 듯 그에게 성큼성큼 다가갔지만 막상 누워 있는 그를 내려다보고는 선뜻 행동으로 옮기지 못하고 주춤거렸다. 만에 하나 실패한다면 나는 연인을 먹은 채로 또 다시 혼자 남겨지게 된다. 이 일이 잘못되면 이젠 영원히 그를 잃어버릴지도 모를 일이었다. 차라리 지금처럼 지내는 게 내겐 최선이지 않을까 하는 생각도 들었다. 망설여졌다. 두려워졌다. 그러자 나를 진정시키려는 그의 달콤한 목소리가 들려왔다.

"잊지 마. 우리가 온전히 하나가 될 수 있는 성스러운 일이라는 걸. 두 번 다시 우리가 헤어지는 일은 절대로 일어나지 않는다고 장담할게. 우리는 영원히 함께하는 거야. 이제 자기가 나를 얼마나 사랑하고 있는지만 증명하면 돼. 어때. 간단하지? 자기라면 충분히 할 수 있어."

그래도 내가 머뭇거리자 커다란 그의 손이 내 손 위로 얹혀졌다. 칼을 쥔 내 손이 그의 의도대로 따라서 움직이기 시작했다. 움직임은 그의 왼쪽 가슴 위에서 멈췄다. 그가 원하는 첫 번째 목표물은 심장이었다. 귀여운 내 심장 소리와 나란히 뛰고 싶기 때문이라고 말했다. 나는 소심한 반항을 하며 그를 바라봤지만 그는 내가 알던 사람이 맞나 싶을 정도로 무섭게 단호했다.

"더 이상 날 외롭게 두지 마. 기다리게 하지 마. 내 심장에 기적을 일으켜 줘. 지금 당장!"

다시 내 손에는 거부할 수 없는 그의 힘이 실렸고 그 힘을 입은 칼끝이 서서히 그의 심장을 향해서 끝도 없이 들어갔다. 이어 그의 당부가 이어졌다.

“날 사랑하는 만큼 맛있게 먹어 줘.”

나는 고개를 끄덕였다. 그의 심장을 꺼내는 일은 생각보다 쉬웠다. 나는 까다로운 과제를 해결한 학생처럼 자랑스럽게 그에게 결과물을 들어 보였고 나를 인정하는 그의 표정에 뿌듯해졌다. 그는 다소 들뜬 내가 자만하지 않도록 이제부터가 시작이라며 아직 산재해 있는 남은 과업에 대해 상기시켜 주는 것도 잊지 않았다. 나는 착한 학생이다. 그의 기대에 부흥하기 위해서 심장을 한 입 베어 물었다. 입안에서 느껴지는 그의 심장을 혀로 요리조리 굴려 보았다. 다행히 이질감이 느껴지거나 하지는 않았다. 내 우려와는 달리 그저 평범한 딸기 탕후루를 먹는 느낌이랄까. 나는 심장에 기적이 일어나길 기다리는 그를 위해 심장을 먹는 속도를 냈고 그는 차분하게 기다려주었다. 마침내 그의 심장을 다 먹어 치우자 거짓말처럼 내 가슴에서 두 개의 심장이 뛰기 시작했다. 이걸 뭐라고 설명할 수 있을까……. 처음 느껴보는 신기하고 벅찬 감정을 주체하기가 힘들었다. 조심스럽지만 감히 짐작해 본다. 새 생명의 태동을 처음 느낀 예비 엄마가 느꼈을 법한 그 감격과 비슷하지 않을까 하고. 의심의 여지없이 지금 내가 하고 있는 이 위대한 행위는 내가 지금껏 살면서 한 일들 중에서 최고로 잘한 일임에 틀림없었다. 그가 맞았다.

인생이 쉬워지기를 기다리는 일은 어리석은 일이다. 사랑이 쉬워지기를 기다리는 일 역시 어리석은 일이다. 두 가지 모두 내가 먼저 행복해지기를 결심해야 한다. 내 행복은 온전히 내 손에 달려 있기 때문에. 뿌듯한 식인종이 된 내가 그를 먹는다. 하나도 남김없이 먹어 치운다. 서로가 세상 전부였던 우리는 비로소 완전한 사랑을 창조한다.

인류 최초로 후천적 인간 자웅동체 1호가 된다.

작가의 말

10년이 훌쩍 넘는 시간을 글로 먹고 살고 있지만 그럼에도 어느 한 대목 만만하게 통달하지 못했다. 지금도 한글 앞에만 서면 아주 가끔 쉬운 단어조차도 확신이 서지 않을 때가 있는 걸 보면. '이 표현은 또 맞는 건지…….' 대체로 내 글은 화면이나 스크린에서 살아 움직이는 역동적인 글로 가공되어 왔다. 이렇게 활자만으로 대중을 만나는 일은 흔치 않다. 부족하고 볼품없는 내 민낯을 여과 없이 드러낼 용기가 필요했지만 또 주책없이 설레기도 한다.

이 책을 집필하면서 행복했다. 각기 다른 세계관에 사는 각각의 주인공들과 하나가 돼서 울었고, 웃었고, 끌어안았다. 그렇게 해서 가족밖에 모르는 미련한 여자와 종을 뛰어넘는 짝사랑에 고뇌하는 무 대리와 인간 자웅동체 1호 커플이 탄생되었다. 여기 주인공들은 하나같이 사랑할 대상을 잃고 남겨졌다는 공통점을 가지고 있다. 그 남겨진 자들을 들여다보고 싶었다.

버림받고 남겨진 자의 세상은 무너진다. 떠난 사람을 되돌리기 위해 안간힘을 쓰거나, 버려졌다는 상실감에 자신을 송두리째 망가트리거나, 너 죽고 나 죽자는 식으로 해코지를 마음먹기도 하면서. 과연 사랑하다가 남겨진 자들은 모두 피해자이기만 한 걸까. 그렇지 않다. 남겨질 수밖에 없는 구구절절 피치 못할 사연이 있다는 사실을 우리도 모르지 않는다. 나를 두고 떠났다고 무턱대고 미워하기에는 마음속에 숨겨 둔 내 잘못이 고개를 쳐들고. 결국은 떠난 이의 마음도 온전히 좋지만은 않다는 것도 짐작할 수가 있다.

필자 또한 남겨진 자로서 감히 말한다. 그것이 사랑이었다면 그 사랑과 함께였던 우리는 눈이 부시게 행복했었다고. 형태는 다르지만 여전히 그 사랑을 추억하며 남은 사랑을 키워 나가고 있다고. 그러고 나면 우리 가슴에는 온기가 퍼져서 견딜만 해지더라고. 입가에 미소가 남더라고.

이왕이면 사랑을 몰라 퀭한 눈보다는 사랑에 아파 본 아름다운 눈이면 좋겠다. 인생을 살면서 그런 눈을 가질 수 있다면 그거면 됐지. 정말 그거면 됐다. 당신이 가진 곱디고운 그 눈처럼.

2022년 가을

정영아

아작

초판 1쇄 발행 2022년 11월 22일

지은이 정영아
펴낸이 이기봉
편집 좋은땅 편집팀
펴낸곳 도서출판 좋은땅
주소 서울특별시 마포구 양화로12길 26 지월드빌딩 (서교동 395-7)
전화 02)374-8616~7
팩스 02)374-8614
이메일 gworldbook@naver.com
홈페이지 www.g-world.co.kr

ISBN 979-11-388-1416-4 (03810)